Bernhard Lupus

Der Satzbau des Cornelius Nepos: I. Der enfache Satz

Antigonos

Bernhard Lupus

Der Satzbau des Cornelius Nepos: I. Der enfache Satz

Unveränderter Nachdruck der Originalausgabe von 1872.

1. Auflage 2024 | ISBN: 978-3-38643-331-0

Antigonos Verlag ist ein Imprint der Outlook Verlagsgesellschaft mbH.

Verlag: Outlook Verlag GmbH, Zeilweg 44, 60439 Frankfurt, Deutschland
Vertretungsberechtigt: E. Roepke, Zeilweg 44, 60439 Frankfurt, Deutschland
Druck: Libri Plureos GmbH, Friedensallee 273, 22763 Hamburg, Deutschland

DER

SATZBAU DES CORNELIUS NEPOS

VON

DR. B. LUPUS,

GYMNASIALLEHRER IN WAREN.

I.

DER EINFACHE SATZ.

BERLIN,

WEIDMANNSCHE BUCHHANDLUNG.

1872.

Bis auf die neuste Zeit haben die gelesensten unserer lateinischen Schulschriftsteller einer
genauen Zusammenstellung ihrer Grammatik, vornehmlich ihrer Syntax, entbehrt. Abgesehen von
verdienstlichen Arbeiten Anderer, welche einzelne sprachliche Erscheinungen bei den verschieden-
sten Autoren behandeln, hat Th. Fischer die Reihe der zusammenfassenden Spezialgrammatiken
eröffnet mit seinen zwei Hallenser Programmen: Die Rectionslehre bei Caesar 1853, 4, welche
die Syntaxis Casuum entwickeln, aber leider bis jetzt nur eine unvollständige Fortsetzung durch
Proksch, Gebrauch der Nebensätze bei Caesar, I. Bautz. Progr. 1870, erhalten haben. Es folgten die
drei Programme L. Kühnast's, Livius als Schullectüre 1863, 7, 8. Der aus ihnen durch Umarbeitung
und Erweiterung entstandene stattliche Band, welcher vor Kurzem erschienen ist, behandelt „die
Hauptpunkte der Livianischen Syntax" in mustergültiger Weise mit steter Berücksichtigung sowohl
der übrigen römischen Litteratur, als auch des tief eingreifenden Graecismus. A. Draeger, Ueber
Syntax und Stil des Tacitus, Leipz. 1868, stellt den Sprachgebrauch des Tacitus mit Nachweis
der analogen oder abweichenden Erscheinungen der classischen und der späteren Zeit dar. Auf
solchen und ähnlichen Vorstudien allein kann sich eine vollständige historische Grammatik der
lateinischen Sprache aufbauen, welche nicht, wie bisher geschehen, möglichst umfassend, aber doch
auch wieder noch lange nicht vollständig, der Sprache Cicero's gewidmet ist und aus den andern
Autoren mit mehr oder weniger Willkühr Auslese hält, — sie wird vielmehr in ächt wissenschaft-
licher Weise die Produkte aller Phasen der lateinischen Sprachentwicklung als Knospen und
Blüthen desselben Stammes, des menschlichen Geistes, gleichmässig beachten und so einerseits
zu einem vollgültigen Werkzeug für die Sprachvergleichung den Gesammtschatz des Lateinischen
durcharbeiten, andrerseits aber auch aus dieser Fülle heraus die Idiome seiner eignen Periode und
Schriftsteller völlig richtig beurtheilen.

Auch zur Grammatik des Cornelius Nepos liegen bis jetzt ausser den Bemerkungen unter
dem Text der Ausgaben nur Arbeiten vor, in denen, wie in Dornheim's Beiträgen zur Latinität
des C. N. Detmold. Progr. 1861, einzelne Punkte, besonders Abweichungen von dem classischen
Latein, herausgegriffen werden. Eine eingehende, statistisch genaue Behandlung seiner Sprache
wäre überdies früher bei der Unsicherheit des Textes auf zu viele Hindernisse gestossen. Dank
der besonderen Aufmerksamkeit aber, welche Männer wie Fleckeisen, Nipperdey und Halm unserm Autor geschenkt haben, ist jetzt eine Unzahl von Fehlern durch genauere Feststellung der
Ueberlieferung, wie durch Vergleichung mit dem Sprachgebrauch sowohl des Nepos selbst, als
auch Anderer beseitigt, die Vitae haben gleichsam die römische Toga wieder neu und rein ange-

legt, so dass die kritische Ausgabe Halm's vom vorigen Jahre eine möglichst feste Basis zu einer Grammatica Corneliana bildet.

Eine solche soll in folgendem begonnen werden. Der geringe Umfang der Vitae hat es hierbei ermöglicht, überall, wo nicht ausdrücklich das Gegentheil bemerkt ist, alle betreffenden Stellen herbeizuziehen — es sei denn dass, wie bei solchen Zusammenstellungen unvermeidlich, dem nicht infallibeln Auge ein, oder einige wenige, jedenfalls wenig significante, Beispiele entgangen sind. In der äussern Anordnung sind die Rubriken der üblichen Grammatiken eingehalten worden.

Genitiv.

§ 1. An bemerkenswerthen Bildungen sind zu erwähnen: *pater familias* Att. 4, 3. 13, 1.
mater f. pr. 6. *Automatias* Timol. 4, 4. Der Gen. *regis Persae* Chabr. 3, 1. kommt von *r. Perses.*
s. § 27. — *Piraei* Them. 6, 1. Con. 4, 5. Phoc. 4, 1. s. § 27. *Byzanti* Paus. 2, 3. *Coti* Iph. 3, 4. s. § 27.
deum sententiae Lys. 3, 5. *deum numen* Ag. 2, 5, neben dem, Timol. 4, 4. auch bei *numen,* mehrmals
vorkommenden *deorum. barbarum copiis* Milt. 2, 1. *barbarum praeda* Alc. 7, 4. (Wölfflin, Philol. XXV
p. 133.) woneben auch einigemal *barbarorum. multa milia iugerum agri* Thras. 4, 2. *praefecto fabrum*
Att. 12, 4. *sestertium* Att. 4, 4. 8, 6. *Molossum* Them. 8, 3. Derselbe Gen. auch Lucr. 5, 1063.
Dies und die grosse Anzahl von Völkernamen der 2. Decl. auf *um* im Gen. (Neue, Formenlehre d. lat.
Spr. I p. 115) lassen mich die Form nicht mit Nipp. u. a. für den Acc. halten. Dass Att. 12, 2.
triumvirum zu lesen, ist durch Bücheler, Rh. Mus. N. F. XI. p. 527 f. wahrscheinlich gemacht. —
Neocli Them. 1, 1. *Pericli* Alc. 2, 1. *Procli* Ag. 1, 2. *Themistocli* Them. 4, 5. Ar. 1, 1. s.
§. 9. *Andocidi* Alc. 3, 2. *Datami* Dat. 5, 3., während es 8, 3. verglichen mit Alc. 7, 1. u.
Caes. b. g. 3, 14. sich als Dat. ergiebt. *Hystaspi* Reg. 1, 2. *Polymni* ist Ep. 1, 1. zwar
in allen Hss. überliefert, aber ohne Zweifel in *Polymidis* zu ändern, die sonst übliche Genitiv-
bildung des Namens. s. Nipp. Spic. II 3, 10. u. Neue a. a. O. I p. 339 ff. *Xerxi* Reg. 1, 3. wird
durch Ar. 2, 2. u. Paus. 1, 2. als Gen. erwiesen. Aus dem Griech. ist beibehalten *Aegos flumen*
Lys. 1, 4. Alc. 8, 1. Corn. 1, 2. Ueber das als Substantiv vereinzelt schon bei Cic., später allgemein vorkommende *sapientum* Thras. 4, 2. s. Neue, a. a. O. II p. 56. u. Gossrau, Lat. Sprachl.
p. 93 f. — *aedilis plebi* Cato 1, 3.*)

§ 2. Nepos eigenthümlich ist die ungemein zahlreiche Häufung von Genitiven. Von Cic.
und von Tac. (Draeger a. a. O. p. 30) möglichst vermieden, auch bei der Liv. nicht allzuhäufig,
bei Caes. in der Zahl von einigen 70 (Fischer a. a. O. II, p. 22), belaufen sich diese Häufungen
bei unserm Autor auf 56 Fälle. Wir unterscheiden 3 Gruppen: 41mal hängt ein Gen. von einem
andern ab, 9mal steht er bei einem mit einem andern Gen. zu einem Begriff verwachsenen Substantiv, 6mal endlich sind beide Gen. einander coordiniert von einem dritten Nomen abhängig.

1. Ein Gen. von einem andern abhängig. Das Regens ist a) ein Verb Cim. 4, 2. Lys.
1, 4. Dion. 5, 5: *totiusque eius partis Siciliae potitus est,* welche Reihenfolge b c a auch an den
2 andern Stellen. — b) ein Adjectiv Alc. 1, 2: *omnium aetatis suae multo formosissimus,* auch
b c a. Att. 10, 4: *Attici memor fuit officii,* c a b.**) — e) ein Pronomen Paus. 4, 5: *causae quid*

---

sit tam repentini consilii, b a c. — d) *milia*. Thras. 4, 2: *multa milia iugerum agri*. Dat. 8, 2: *eiusdemque generis tria milia funditorum*, also dort a b c, hier c a b. — e) ein Substantiv. Von den 33 Beispielen sind zunächst Dat. 10, 1. Eum. 1, 4. Att. 19, 2. herauszunehmen, wo hinter einem Nomen im Gen. das appositionelle *filii* der Regel nach (s. u.) hinter dem Vaternamen steht, also a c b: *Mithridatis, Ariobarzanis filii*. Dann gehören 4 Stellen zusammen, welche die zu e i n e m Begriff eng verbundenen Genn. vor oder hinter das Regens setzen, Ep. 4, 2: *orbis terrarum divitias*. Att. 20, 5: *principem orbis terrarum*. Reg. 1, 4: *laudem amplissimae pulcherrimaeque corporis formae*. Att. 3, 3: *in qua (urbe) domicilium orbis terrarum esset imperii*, wo allein bei Nep. 3 von einander abhängige Genn. vorkommen.*) An 9 Stellen ist der zweite Gen. ein Pron. relat. oder demonstr. Dieses steht regelmässig an der Spitze. Stellung c b a: Mit. 3, 1: *ipsorum urbium perpetua dederat imperia*. Cim. 3, 2. Ep. 9, 1. Pel. 2, 4. c a b: Them. 4, 5. Dat. 8, 3. In der Mitte zwischen dem übergeordneten Gen. und dem Regens steht *eius* Dat. 4, 4. Ag. 6, 2. und allein Eum. 9, 1. haben wir die logische Reihenfolge *ex fumo castrorum eius*. Es bleiben noch 17 Beispiele, von denen 9: Them. 3, 3. Tim. 4, 5. Ep. 1, 3. 4, 1. Ag. 4, 2. Cato 3, 3. Att. 18, 1. Thras. 2, 1. (2mal) die Reihenfolge der Abhängigkeit auch in der Stellung (a b c) beibehalten, z. B. in der schönen Anaphora der letzten Stelle: *hoc initium fuit salutis Atticorum, hoc robur libertatis clarissimae civitatis*, 4 diese Folge einfach zu c b a umkehren Alc. 5, 3. s. § 9. Tim. 4, 2. Eum. 6, 3. Att. 10, 3: *Attici bonitatis exemplum*. Die Stellungen a b c und c b a modifizieren durch Umstellung der beiden Genn. Dion. 3, 1: *tale initium fuit Dionis et Dionysii simultatis* und Att. 18, 1: *moris etiam maiorum summus imitator fuit*. Künstlich verschlungen endlich sind Eum. 7, 2: *specie imperii nominisque simulatione Alexandri* und Phoc. 4, 1: *propter proditionis suspicionem Piraei*. — Wir sehen also, dass Nepos bei 41 Fällen der Abhängigkeit eines Genitivs von einem andern 34mal die Reihenfolge der Abhängigkeit von dem Regens in vorwärts- (a b c) oder, nach griechischer Weise, rückwärtslaufender (c b a) Linie beibehält oder durch Umstellung der beiden Genitive modifiziert (a c b, b c a). Nur an 7 Stellen findet sich das Regens zwischen den Genn., welche Verschränkung jedoch an dreien derselben in der engern Verbindung des Regens mit dem einen Gen. seine logische Erklärung findet: Paus. 4, 5. Dat. 8, 2. (s. o.) Them. 4, 5: *eius multitudo navium*, während Att. 10, 4. Eum. 7, 2. Phoc. 4, 1. (s. o.) Dat. 8, 3: *huius partem non habuit vicesimam militum* lediglich der Neigung des Nep. zu kunstvoller Verflechtung der Worte ihre Form verdanken.

2. Ein durch ein Substantiv nebst davon abhängigem Gen. ausgedrückter Gesammtbegriff steht, in beliebiger Folge seiner eigenen Glieder vor oder, was das Gewöhnlichste ist, hinter dem ihm verbundenen zweiten Gen. a b c Att. 12, 4: *praefecto fabrum Antonii*. Eum. 11, 3: *summa imperii custodiae*. b a c Eum. 7, 1: *corporis custos Alexandri*. — c b a Them. 10, 1: *huius animi magnitudinem*. Ep. 5, 5: *Agamemnonis belli gloriam*. c a b pr. 6: *cuius mater familias*. Ep. 7, 4: *propter praetorum imprudentiam inscitiamque belli*. Ag. 8, 4: *eius modi genera obsonii* (etwa: „solche Zukostarten". Nipp. gr. Ausg. vergleicht damit Cic. Imp. Cn. Pomp. 2, 6: *genus est belli eiusmodi* und Fam. 8, 23, 3: *si quid generis istiusmodi me delectat*). Ein hübsches Beispiel der chiastischen Verbindung der beiden letzten Stellungen ist Phoc. 1, 1: *multo eius notior integritas vitae quam rei militaris labor*.

---

*) Dieser Fall kommt bei Tac. gar nicht vor, aus Liv. und aus Val. Max. citiert Draeger, a. a. O. p. 30. je eine Stelle (u x o r i s Q u i n c t i i sororis filius 32, 36, in vestibulo templi M a t r i s D e u m 1, 8, 11.), aus Caes. Fischer a. a. O. p. 22. drei: b. g. 2, 17. 7, 76. 8 prooem.

3. In den 6 Fällen der gleichen Abhängigkeit zweier Genn. von demselben Nomen steht durchweg der subjective vor dem andern, entweder unmittelbar oder durch das gemeinsame Regens von ihm getrennt. Cim. 2, 2: *Cypriorum et Phoenicum ducentarum navium classem.* Eum. 10, 2: *nonnullorum virtutis obtrectatio.* Att. 14, 3: *omnisque eius pecuniae reditus.* Them. 3, 2: *classis communis Graeciae ducentarum navium.* — Them. 1, 1: *huius vitia ineuntis adulescentiae.* Alc. 6, 1: *omnium exspectatio visendi Alcibiadis.*

Wie überhaupt gerne zwischen zusammengehörige Worte (s. Nipp. gr. Ausg. zu Ep. 1, 3.), so schiebt Nep. mehrmals auch zwischen dieses Wortgefüge andre Satzglieder ein, gewöhnlich nur eins, 4mal mehrere. Rhythmus und Wohlklang bewahrt er bei fast allen obigen Genetivverbindungen. Nur die oben erwähnte Cim. 2, 2. und etwa Them. 3, 3: *pars navium adversariorum* lauten unschön.

II. Bei den von Nominibus abhängigen einfachen Genitiven unterscheiden wir wiederum 3 Klassen.

1. Ein Gen. bei mehreren (2, nur einmal 3) Beziehungswörtern findet sich 37mal. Fast zwei Drittel dieser Stellen lässt den gemeinsamen Gen. vorangehen (b a a). wie Alc. 3, 1: *huius consilio atque auctoritate,* und schiebt öfters unmittelbar hinter ihm andere Satzglieder ein, wodurch die gleiche Zugehörigkeit zu beiden Beziehungswörtern deutlicher hervortritt, so Milt. 3, 4: *liberos a Persarum futuros dominatione et periculo.* Die übrigen Stellen sind Lys. 2, 1, 4, 2. Alc. 4, 5. Dat. 6, 8. Ep. 10, 4. Ag. 4, 2. Eum. 6, 3. Phoc. 1, 1. Timol. 3, 2. 6. Hann. 8, 1. Cato 3, 5. Att. 4, 1. 5, 1. 6, 3. 12, 2. 3. 20, 5. (2mal). — In 11 Fällen folgt der Gen. den beiden Beziehungswörtern nach (a a b) Milt. 7, 4: *ad magistratus senatumque Lacedaemoniorum.* 2, 5. Lys. 3, 5. Thras. 1, 4. Pel. 1, 1. Ag. 7, 3. Eum. 1, 3. 5, 7. 7, 2. Att. 18, 6., nur einmal hinter einem eingeschobenen andern Satzglied, Alc. 11, 3: *omnes splendore ac dignitate superasse vitae.* — Hinter dem ersten Regens steht der Gen. nur 4mal (a b a) Cim. 4, 4: *et vita eius fuit secura et mors acerba.* Con. 2, 1: *generum regis et propinquum.* Eum. 4, 4: *uxori eius ac liberis* u. Thras. 2, 4: *neque tamen pro opinione Thrasybuli auctae sunt opes,* wo *Thras.* zu den 2 verschiedenartigen Satzgliedern *opinione* und *opes* ἀπὸ κοινοῦ gehört. (Ganz ähnlich sind bei der Stellung a a b Lys. 3, 5: *quae post mortem in domo eius reperta est,* und b a a Alc. 4, 5: *eiusque devotionis quo testatior esset memoria, exemplum.* Att. 5, 1: *huius sine offensione ad summam senectutem retinuit benivolentiam.*) — Ein einziges Mal hängt der Gen. von 3 Nominibus ab, Eum. 13, 4: *ad matrem atque uxorem liberosque eius.*

2. Mit der Stellung des Gen., welcher zu einem mit einem Adjectiv, Pronomen oder Zahlwort verbundenen Substantiv hinzutritt, verhält es sich ganz ähnlich, wie bei Caes. (Fischer a. a. O. II p. 25.) Bei weitem am häufigsten ist die Stellung b a c*), nämlich pr. 1: *hoc genus scripturae.* 6: *primum locum tenet aedium.* Milt. 3, 2. Them. 2, 1. 5, 3. 7, 4. Ar. 2, 2. 3. Paus. 1, 1. 2. 2, 2. Cim. 1, 1. 2, 1. 2. Lys. 1, 3. Alc. 4, 3. 5, 5. 6, 3. 7, 3. 5. 9, 3. 10. 1. Dion. 1, 1. 4. 4, 1. 9, 1. Iph. 2, 3. Tim. 4, 1. 4. Dat. 5, 2. (2mal) 10, 3. Ep. 4, 1. 7, 1. 2. Ag. 1, 2. 7, 4. Eum. 1, 6. 3, 2. 3. 4, 1. (2mal) 5, 2. 8, 1. 2. 6. 10, 4. 11, 2. 12, 3. 13, 1. Phoc. 2, 1. 4. Timol. 2, 4. 3, 3. 4. Reg. 1, 4. Ham. 3, 3. Hann. 2, 1. 4, 3. 5, 2. 11, 1. 12. 3. 4. Att. 1, 3. 2, 3. 3, 2. 4, 5. 7, 3. 9, 7. 13, 1. 16, 3. 19, 2. 21, 1. 3. 22, 1. 4. Cim. 3, 4: *eius maiorem partem insulae* wird das zum Gen. gehörige Attribut voraufgenommen. Daneben a b c nur Paus. 3, 6: *genus quoddam hominum.* Con. 4, 5. Dion. 6, 4. 9, 1. Dat. 2, 1. Ag. 5, 3. Eum. 8, 7. 9, 6.

---

*) a = Regens, b = adjectivisches Attribut, c = Genitiv.

1*

Timol. 5, 3. Att. 1, 1. 16. 3. 18, 2. — Sehr stark vertreten ist aber wiederum die Folge b c a
Milt. 1, 4: *hoc oraculi responso.* 4, 2. Them. 6, 1: *triplex Piraei portus.* Paus. 2, 2. 5, 4.
Cim. 3, 1. 2. (s. o. I 1, e.) Lys. 1, 1. Alc. 3, 3. 4, 4. 8, 4. Thras. 4, 2. Con. 1, 2. 5, 2.
Dion. 1, 2. (2mal) Tim. 1, 2. 2, 3. Dat. 8, 5. 11, 2. Ep. 3, 1. Pel. 4, 1. 5, 5. Ag. 1, 2. 3, 6.
4, 5. Eum. 5, 4. Timol. 1, 5, 3, 3. Ham. 4, 3. Hann. 10, 5. 13, 2. Att. 4, 4. 7, 2. 8, 4. 10, 4.
14, 2. 15, 3. 22, 4. Timol. 5. 1: *ad hanc hominis excellentem bonitatem,* und Att. 12, 4: *propter magnas eius Africanas possessiones* steht noch ein zweites Attribut hinter dem eingeschlossenen Gen. Am seltensten ist die Stellung a c b Milt. 8, 4: *laus rei militaris maxima* und
Att. 2, 4: *inopiam eorum publicam.* ib. 9, 2: *spes restituendi nulla erat* und Ep. 3, 5: *cum
aut civium suorum aliquis ab hostibus esset captus, aut virgo amici nubilis, quae propter paupertatem collocari non posset,* etc. fasst man *nulla* und *nobilis* wohl richtiger als Praedicat.*) —
So wenig wie Caesar liebt es Nep. den Gen. dem Regens nebst Attribut vorauszuschicken (c a b
oder c b a). Meistentheils findet diese Voranstellung ihre Erklärung in ganz bestimmten Umständen, so in allen Beispielen zu c a b. Diese zeigen entweder Subst. und Adj. in engster Verbindung zu einem Begriffe Timol. 5, 1: *eius diem natalem.* Reg. 1, 1: *omnium res gestae.*
Hann. 13, 2: *de Cn. Manlii Volsonis in Asia rebus gestis.* Att. 2, 5: *eorum aes alienum.*
4, 3: *Atheniensium rei publicae.* oder das Adject. (Partic.) hat praedic. Bedeutung pr. 3: *in
Graiorum virtutibus exponendis.* Thras. 1, 5: *plurimorum bona publicata.* Dion. 4, 5: *vitae
statum commutatum.* Att. 2, 4: *neque eius condicionem aequam haberent.* oder der Gen. besteht,
wie schon in einigen der erwähnten Beispiele, aus dem von Nep. oft des Nachdrucks wegen, aber
auch sonst gern an die Spitze von Sätzen oder Satzgliedern (s. o. I 1. e.) gestellten Pron. demonstr. Them. 10, 3: *Huius ad nostram memoriam monumenta manserunt duo.* Phoc. 1, 1:
*huius memoria est nulla, illius autem magna fama.***) Hann. 5, 2: *eiusque generis multitudinem magnam;* schliesslich enthält Dion. 2, 4: *sororis suae filios ex illo natos* einen verkürzten
Relativsatz. Die Folge c b a beginnt auch entweder mit einem Pron. (relat.) Paus. 3, 6: *quorum magna multitudo.* Alc. 5, 3: Cato 2, 2. (demonstr.) Paus. 3, 7: *harum verum nullum erat
apertum crimen.* Phoc. 1, 1. (s. o.) Hann. 10, 5. oder der Gen. steht, wie schon Phoc. 1, 1., des
Nachdrucks oder des Gegensatzes wegen voran Alc. 5, 1, 10, 5. Att. 9, 3. 16, 1. Dazu kommen
noch ohne besonderen Grund der Voranstellung des Gen. pr. 4. Ar. 1, 4. Cim. 2, 3. Lys. 1, 4.
Tim. 4, 1. In fast allen Beispielen dieser letzten Klasse aber verdankt das adjectivische Attribut b seine Stellung vor dem Subst. a einer besonderen Hervorhebung. — *Milia* mit seinem
Attribut (Cardinalzahl oder *multa*) und zugehörigen Gen. richtet sich insofern nach dem eben
Erörterten, als hier ebenfalls die Stellung b a c die gewöhnliche ist (10mal) Milt. 5. 1:. *decem
milia armatorum.* Ep. 4, 6: *multis milibus versuum.* etc. Aber fast ebenso oft kommt c b a
vor (7mal) Dat. 8, 3: *adversariorum multa milia.* etc. 5mal steht b c a, wovon 3mal in Gegenüberstellung wie Milt. 4, 1: *ducenta peditum, decem equitum milia.* Them. 2, 5. Dion. 5, 3. und

---

*) Die von Eberhard, Zeitschr. f. Gymnasialw. 1871 p. 669 gerügte Härte der Ergänzung von esset aus
esset captus zu virgo amici nubilis schwindet bedeutend, wenn man es nicht als Praed., sondern als C__ula.
was es ja auch bei captus ist, zu nubilis hinzudenkt. Freilich bleibt auch so das Bedenkliche, dass der gentliche Grund nicht in dem Causalsatz, sondern in dem Relativsatz steht. Bei einem exacteren Stilisten als Nep würe
deshalb Lambin's Conj.. das quae zu streichen, durchaus annehmbar — in welchem Falle virgo amici nubilis als
8. Beispiel der Stellung a c b oben hingehörte.

**) Das nulla. wie Att. 9, 2. praedicativisch zu fassen verbietet die Structur des entsprechenden Gliedes
dieser anaphorisch-chiastisch gebildeten Periode.

2mal bei *milia passuum*, dem Milt. 4, 2. Hann. 6, 3. *decem* und *trecenta* folgen. *circiter* voraufgeht. (Nur 2mal, und in gleicher Folge, findet sich *mille* nebst einer kleineren Zahl bei einem Subst. Them. 2, 5: *mille et ducentarum navium* Tim. 1, 2: *mille et ducenta talenta*.)

3. Ein Gen. abhängig von einem einfachen Subst. Hier ist zunächst der eigenthümliche Gebrauch zu constatieren, dass die Genn. von *hic* immer, die der andern Pronn. demonstr. mit Ausnahme von is, dessen Genn. ebenso oft hinter, wie vor dem Regens stehen, fast immer (ich habe als Ausnahmen nur Paus. 3, 4: *more illorum* und Eum. 9, 1: *copias ipsorum* gefunden) dem Regens vorangestellt werden. — Der von einer Praepositionalverbindung abhängige Gen. findet ebenso oft hinter (*in aedem Minervae* Paus. 5, 3. etc.), wie vor dem Nomen (*post Alexandri mortem* Eum. 3, 1. etc.) seine Stelle. Doch tritt einigemal der Gen. sogar vor die Praep., ausnahmsweise von Nominibus, Thras. 2, 3. Dion 9, 3. Iph. 1, 1. Dat. 1, 1. Pel. 3, 1: *magistratuum Thebanorum statim ad aures venit;* dagegen von Pronominibus fast ebenso oft, wie zwischen Praep. u. Subst., Them. 2, 6: *cuius de adventu.* Ham. 3, 3: *eiusdemque post mortem.* Lys. 2, 1. Alc. 5, 3. 5. Dion 8, 4. 10, 2. Ep. 10, 4. Pel. 1, 1. Ag. 8, 3. Eum. 7, 1. 11, 2. Hann. 11, 4. Cato 2, 2. 3, 5., wogegen zu halten sind die Stellen pr. 1: *in eius virtutibus.* Them. 10, 4: *de cuius morte.* Milt. 4, 5. Alc. 2, 3. 6, 1. 7, 3. Tim. 4, 4. Dat. 5, 4. Ep. 7, 3. 10, 4. Eum. 8, 3. 9, 4. 13, 3. Ham. 1, 2. Hann. 2, 2. Att. 12, 5. — Einsilbige Wörter stehen wie bei Caesar (Fischer a. a. O. II p. 26) vor dem von ihnen abhängigen Gen. Milt. 3, 2. 8, 4. Them. 3, 1. 3. Paus. 2, 3. 3, 6. Alc. 4, 3. Thras. 2, 7. 3, 1. Cim. 2, 5. Chabr. 2. 1. 3. Pel. 4, 2. Eum. 10, 4. Att. 9, 3., hinter demselben nur Milt. 3, 1: *Persarum rex Darius.* Alc. 10, 5: *flammae vim.* Cato 2, 5: *eorum aes alienum,* wo jedoch *aes alienum* fast zu einem Wort zusammenschmolzen. — *Filius* und *filia* stehen mit Ausn. von Tim. 3, 2. und Hann. 6, 1. stets hinter dem Namen des Vaters; wird dieser aber nicht durch einen Eigennamen ausgedrückt, so wechselt die Stellung. Bei den übrigen Verwandtschaftsbezeichnungen durch *pater, mater, frater, soror, liberi* etc. nimmt der Gen. fast immer die zweite Stelle ein. Von andern Verbindungen, in denen der Gen. einen stereotypen Platz hat, sind zu merken: *pater familias, mater f., summa imperii, populi scitum, senatus consulto, magister equitum, tribunus plebis, aedilis plebis, praefectus classis, equitum, morum, custodum, Lydiae* etc., *more alicuius, alicuius opera, locorum angustiae, milia passuum* (worauf erst — s. oben — die Zahl der Tausende folgt, wie u. a. bei Caes., von dem Nep. aber durch ganz beliebige Stellung anderer Genn. abweicht). Alle diese Ausdrücke kommen mehr oder weniger oft vor; nur Cato 1, 2: *magnique opera eius existimata est,* bildet eine Ausnahme.

Das den Gen. regierende Subst. lässt Nep. stets aus, wenn es in dem vorausgehenden entsprechenden Satzgliede steht, pr. 7: *nam neque in convivium adhibetur nisi propinquorum.* Milt. 2, 3: *fiebat, ut non minus eorum voluntate perpetuo imperium obtineret, qui miserant, quam illorum, cum quibus erat profectus.* Alc. 5, 3: *Atheniensium opes senescere, contra Lacedaemoniorum crescere.* 7, 4. Con. 4, 5. 5, 2. Tim. 4, 2. Ag. 7, 4. Eum. 8, 3. Phoc. 3, 1., ferner Tim. 4, 4: *Haec extrema fuit aetas imperatorum Atheniensium: Iphicratis, Chabriae, Timothei,* sowie Ham. 2, 2: *quorum numerus erat viginti milium.* Thras. 3, 2: *eamque (legem) illi oblivionis appellarunt.* Ag. 8, 6: *qui (portus) Menelai vocatur.* Diesem Gebrauch schliesst sich Hann. 13, 2. eine Praepositionalverbindung an: *in iis (liber) ad Rhodios;* aber Ep. 4. 6. scheint die Auslassung von *vitam* auch mir zu gewagt. Auch im Deutschen genügt in manchen solcher Verbindungen der blosse Gen. ohne das Determinativum — welches bei Nep. so wenig, wie sonst im classischen Latein Platz findet, aber auch nicht, wie bei Andern zuweilen (Cic. pro Arch. 28.) durch *hic* oder *ille* vertreten wird, — so Milt. 2, 3. Tim. 4, 6. Dat. 8, 5. Das Lat. geht darin nur weiter. Doch hat das Aeusserste des auf diesem Gebiet Möglichen, das homer. *κόμαι χαρίεσσιν ὅμοιαι*, dem ähnliche Wendungen Caes. u. a. aufweisen, bei Nep. keine Analogien, es sei denn, dass man die Attraction Hann. 5, 3: *pari ac dictatorem imperio* hierherziehen wollte.

§ 3. Wenn wir die Function des Gen. bezeichnen als die erklärende und vervollständigende Ergänzung eines vorzugsweise substantivischen Begriffs durch ein beigefügtes Nomen, so tritt dies Verhältniss am reinsten hervor in dem Gen. definitivus Them. 6, 1: *triplex Piraei portus*, welcher Gen. eines geographischen Namens neben dem Appellativum bei Caes. b. g. 7, 56: *mons Cevennae* u. Cic. Att. 5, 18, 1: *in oppido Antiochiae* auch nur vereinzelt, bei Liv. öfters vorkommt. s. Kühnast a. a. O. p. 74. pr. 1: *summorum virorum personis*. Ep. 1, 2: *principis persona*. Dion 1, 4: *crudelissimum nomen tyranni*. Ep. 5, 3: *otii nomine*. Dion 10, 3: *sepulcri monumento*. Ep. 6, 4: *auxilio sociorum*. Eum. 9, 6: *anfractum longiorem copiosae viae*. Phoc. 1, 3: *munera magnae pecuniae*. Timol. 4, 1: *lumina oculorum*. Att. 21, 1: *prosperitate valetudinis*. 22, 4: *pompa funeris*, dazu die 2 fast pleonastischen Stellen Att. 2, 6: *modus mensurae* u. Paus. 3, 3: *aditus conveniundi*. (vgl. *optio eligendi* Cic. Brut. 50, 189. Att. 4, 18, 3. Fin. 1, 10, 33. *crescendi accessio* ib. 3, 45. und das vielleicht doch unserer Stelle nicht so fern stehende *aditus sermonis* Caes. b. g. 5, 41.) Them. 9, 4: *annuum tempus*, vertritt ein Adj. den Gen. def. — Diese, sowie mehrere andere Arten des Gen. fasst man unter dem Namen Subiectivus zusammen, ohne dass man indessen in jedem einzelnen Fall sich für die eine oder die andere Deutung endgültig entscheiden könnte. So muss es bei *phalanx Laconum*, *praesidium Lacedaemoniorum* etc. der subjectiven Auffassung überlassen bleiben, die Genn. als possessive oder als generelle anzusehen. Man kann schwanken, ob Milt. 6, 1: *cuius victoriae praemium* dem causalen oder objectiven Gen. zuzurechnen sei. Mit dieser Reserve wenden wir uns zunächst den übrigen Gruppen des subj. Gen. zu, von denen der G. possessivus oder auctoris bei weitem am stärksten vertreten ist. Doch ist aus den hunderten von Beispielen der verschiedenartigsten Zugehörigkeit (Ursprung, Eigenthum, Eigenthümlichkeit: *huius vitia ineuntis adulescentiae* Them. 1, 1. *amicitiae fidem* Phoc. 2, 2., etc.) als syntactisch bemerkenswerth nur *Piraeo Atheniensium* Phoc. 2, 4. hervorzuheben, welcher unmittelbaren Verbindung, abgesehen von den ähnlichen Graecismen *Darius Hystaspis*, *Phocidis Elatia* etc. des ciceron. *Leucopetra Tarentinorum*, Att. 16, 6, 1. Liv. 2, 33: *Polusca Volscorum*. 28, 8: *Erythrae Aetolorum*, sowie die später sehr häufige Bezeichnung der Hauptstadt eines Stammes, wie schon Caes. b. g. 6, 3: *Lutetia Parisiorum*, völlig entsprechen. Zu *omnia, quae moveri poterant, Dionis* Dion 4, 2. bildet das liv. *omnia hostium* 22, 41. 30, 5. eine Parallele. *Antistites Jovis* Lys. 3, 3. wird erklärt durch das gleich folgende *sacerdotes fani* und die Vergleichung mit *praefectus regis Darii* Alc. 5, 2. u. Aehnl. Denn ganz ebenso wie mit denjenigen Verben, welche ohne Zusatz ihres directen oder indirecten Objects absolut gebraucht werden (s. u.) verhält es sich mit den verbalen Substantiven c. gen. subi; aber ohne gen. obi. Mit einem Worte nur ist hier auch das merkwürdige und seltene *impraesentiarum* Hann. 6, 2. als G. subi. zu erwähnen, weil entstanden aus *in praesentia rerum*. s. Krebs, Antibarb. s. v. u. Dornheim a. a. O. p. 13 f. — Als Genn. causae habe ich folgende verzeichnet: *victoriae praemium* Milt. 6, 1. *laus rei militaris* 8, 4. *belli gloriam* Paus. 4, 5. Ep. 5, 5. *commendatio oris atque orationis* Alc. 1, 2. *invidiae crimine* 4, 1. *honoris corona* Thras. 4. 1. *quarum rerum cura* Dion. 7, 3. *legis poenam* Ep. 8, 2. *liberatarum Thebarum laus* Pel. 4, 1. *rerum gestarum gloria* Reg. 2, 1. *tam effusi ambitus largitionibus* Att. 6, 2. *aetatis vacatione* 7, 1.

§ 4. Der Gen. qualitatis, einige dreissigmal bei Nep., wird entweder a) unmittelbar, attributiv, oder b) praedicativ, durch die Copula *esse* mit einem Subst. verbunden. Einmal, Dion

5, 2., wo die mittel- und die unmittelbare Verknüpfung neben einander, steht auch *putor: multorum annorum tyrannis magnarum opum putabatur.* Er ausschliesslich dient zur Angabe 1) der räumlichen und zeitlichen Grösse durch Zahlen, in mehr als der Hälfte aller Stellen, a) Milt. 4. 1: *classem quingentarum navium.* 7, 1. Them. 2, 2. 3, 2. Ar. 1, 2: *exilio decem annorum.* t, 4. Cim. 2, 2. 3, 1. Dion 5, 2. 3. Eum. 8, 7. 9, 2. b) Them. 2, 5: *huius enim classis mille et ducentarum navium longarum fuit.* Iph. 2, 4. Eum. 8, 5. Att. 17, 1; auch ohne nähere Bestimmung in Zahlen a) Alc. 1, 2: *omnium aetatis suae.* b) Alc. 11, 1: *eiusdem aetatis fuit.* Daran mag sich anschliessen Alc. 8, 4: *se nullius momenti futurum.* — 2) der Art und Klasse a) Milt. 4, 3: *cursorem eius generis.* Dat. 8, 2. Ag. 8, 3. 8, 4: *eiusmodi genera obsonii.* (vgl. Cic. Imp. Cn. P. 2, 6: *genus est belli eiusmodi*) Reg. 1, 1. 3. Att. 13. 6. b) Dion 7, 2: *id eius modi erat.* Fraglich kann es scheinen, ob Them. 9, 1: *eiusdem civitatis fuit.* Eum. 1, 2: *alienae erat civitatis,* sowie Milt. 4, 2: *omnes eius gentis cives* hierher oder zu dem Gen. poss. gehören. — Bei der Bestimmung des Alters von Personen nach gezählten Jahren verwendet Nep. eigenthümlicherweise nie ein Appellativum zur Verknüpfung mit dem Beziehungswort, Ag. 8, 2: *cum annorum octoginta in Aegyptum iisset.* Eum. 13, 1: *Sic Eumenes annorum quinque et quadraginta talem habuit exitum vitae.* Cato 1, 2: *primum stipendium meruit annorum decem septemque.* Att. 17, 1: *quam extulit annorum nonaginta, cum ipse esset septem et sexaginta.* Ham. 3, 1: *filium Hannibalem annorum novem,* wo *fil.* recht auffällig und absichtlich vor *Hann.* gestellt ist. Dieser Gebrauch, wie das ganz ähnliche *sui arbitrii* Suet. Tib. 18. stützen auch Att. 9, 7: *ille autem sui iudicii.* Der Abl. steht so nur Eum. 1, 5: *nemo admittitur nisi honesto loco et fide et industria cognita.* Aehnliches bei Cic. Caes. Liv. Tac. etc. (Fischer a. a. O. II p. 34. Kühnast a. a. O. p. 72. Draeger a. a. O. p. 29.) Dagegen ist gerade umgekehrt dem Gen. nur einmal, Tim. 4, 5: *ad fortissimum virum maximique consilii,* ein Adj. coordiniert, fünfmal dem Abl., Dion 4, 3: *adulescentes quosdam cum audacissimos tum viribus maximis.* Dat. 3, 1. Ep. 3, 1. Ag. 8, 1. Att. 19, 2.

Etwa ebenso häufig findet sich der Abl. qual. und zwar, wie bei Cic. (Madvig, Lat. Sprachl. § 287, 2.), mit Vorliebe von geistigen Eigenschaften. Doch lässt sich für Nep. die gewöhnliche Unterscheidung des Gen. (Art und Wesen) und das Abl. qual. (einzelne oder vorübergehende Beschaffenheit) in Bezug auf den Abl. nicht aufrecht erhalten. Wie Tim. 4, 5: *maximi consilii,* so steht Ep. 3, 1: *animo maxime* von einer bleibenden Wesenseigenschaft, etc. Dat. 3, 2: *hominem maximi corporis terribilique facie* stehen beide Casus neben einander, sicherlich ohne die, etwas komische Unterscheidung, welche Gossrau, Lat. Sprachl. § 260, 3 aufstellt (s. Süpfle, Prakt. Anleitung z. Lateinschr. Karlsruhe 1862. I p. 162.) Ausser dieser Stelle schliesst sich der Abl. qual. nur Hann. 5, 3: *magistrum equitum pari ac dictatorem imperio* u. Att. 19, 2: *principes civitatis dignitate pari, fortuna humiliores* unmittelbar an das Subst. an; sonst dient 2mal *praebere* Dat. 2, 1: *pari se virtute praebuit.* Hann. 7, 5: *pari diligentia se praebuit,* oft aber *esse* als Copula. Milt. 2, 3: *erat enim inter eos dignitate regia.* Ar. 3, 2: *hic qua fuerit abstinentia.* Cim. 4, 1: *fuit enim tanta liberalitate.* Lys. 2, 2. Alc. 5, 2. 3. Dion 9, 6. Iph. 3, 1. 2. Dat. 3, 1. 5. Ep. 3, 1. Ag. 8, 1. Eum. 1, 3. 6. 11, 4. (11. 5. ist vielleicht durch eine Ergänzung, wie die Nipperdeys, gr. Ausg. z. St., zu halten.) Tim. 3, 4. Hann. 2, 5. 10, 1. Att. 17, 2. Fleckeisen, Philol. IV. 1849. p. 318. beseitigt nach Dion 8, 2. Dat. 5, 4. Att. 10, 1. 2., wo stets *in aliquo periculo (discrimine) esse,* den Abl. qual. *aliquo periculo esse* (den für Nep. Nipp., gr. Ausg. z. Eum. 3, 6. auch mir nicht überzeugend vertheidigt) Dion 2, 4. Dat. 5, 3. Ham. 2, 1. Hann. 9, 2.

§ 5. Den Gen. quantitatis o. generis haben bei sich 1) die Substantiva *numerus,*

multitudo, genus oft, *copiae* Milt. 2, 1. Cim. 2, 2. etc. *exercitus* Ar. 2, 1. Eum. 3, 3. etc. *ala,
equitum* Eum. 13, 1. *mora, Lacedaemoniorum* Iph. 2, 3. *manus, Graeciae* Paus. 1, 2. *vis, barbarorum* Cim. 2, 3. *acies, navium* Hann. 11, 1. *civitas* Att. 4, 5. u. *vulgus, Atheniensium* Alc.
8, 6. *gens, Macedonum* Reg. 2, 1. *contio* Them. 1, 3. Timol. 5, 3. u. *concilium, populi* 4, 2.
comitia, eorum Att. 4, 4. *conventus, Arcadum* Ep. 6, 1. *legationum* 6, 4. *factio, adversariorum*
Pel. 2, 4. *iugerum, agri* Thras. 4, 2. *modius, tritici* Att. 2, 6. *pondus, auri* Ep. 4, 1. *talentum,
vectigalis* Alc. 9, 3. *pecuniae* Con. 4, 5. *praedae* Tim. 1, 2., auch *inopia, aquae* Eum. 8, 5.
Ferner erklären sich aus ihm die Verbindungen *libri earum (historiarum) sunt septem* Cato
3, 3. *volumina epistularum* Att. 16, 3. *consensionis globus* Att. 8, 4. *vulgi frequentia* 22, 4.
fistulae puris 21. 3. *reditus pecuniae* 14, 3. *hunc locum amicitiae* Eum. 1, 6. *secundum locum
imperii* 4, 1. *secundum gradum imperii* Thras. 3, 2. *principatus imperii maritimi* Tim. 2, 2.
eloquentiae Att. 5, 4. *summa imperii* (oft, neben *summum imperium*), *belli* Pel. 5, 3. *rerum*
Eum. 2, 1. 5, 1., obgleich bei diesen letzten Beispielen auch die Deutung aus dem G. partitivus
nicht unzulässig ist. *Milia* hat an 21 Stellen einen Gen. bei sich, aber nie in Verbindung mit
kleineren Zahlen. Dass bei der Ergänzung von *centena milia* zu *centies* Att. 5, 2. *sestertium*
der Regel gemäss nicht Gen., sondern Acc. ist, zeigt Att. 14, 2: *in sestertio vicies* etc. *Mille*
kommt, wie auch sonst, vereinzelt (Kühnast a. a. O. p. 79—82), 2mal c. gen. vor und zwar nach
nie überschrittener Observanz (Schmidt, Zeitschrift f. Gymnasialw. Berl. 1868 p. 537) im
Nom. u. Acc. Milt. 5, 1: *mille misit militum.* Dat. 8, 3: *non amplius hominum mille cecidisset.*
— 2) die quantitativen Neutra von Adjectivis u. Pronominibus im Nom. oder Acc. und unabhängig
von Praeposs., wovon auch Caes. (Fischer a. a. O. II p. 31.) keine, Cic. eine, Sall. u. Liv. mehrere Ausnahmen machen, (Gossrau, Lat. Sprachl. p. 306 u. 396.), *non multum, munitionis* Them.
7, 2. *plus, virium quam ingenii* Ep. 5, 2. *clementiae quam crudelitatis* Timol. 2, 2. *salis quam
sumptus* Att. 13, 2. *plurimum, studii* Ep. 2, 5. *quantum, pecuniae* Ar. 3, 1. *tantum, operae* Att.
4, 3. *nihil, doli* Them. 4, 5. *negotii* Eum. 12, 2. *nonnihil, temporis* Hann. 13, 2. *id, negotii* Con.
4, 1. *quod, vestimentorum* Alc. 10, 5. *vitae* Timol. 3, 4. *quid, causae* Paus. 4, 5. *aliquid, consilii
novi* Eum. 8, 4. *quidquid, cibi* Att. 21, 6. Nur an 3 Stellen steht ein Adjectiv in diesem Gen.
Alc. 8, 4: *si quid secundi.* ib. u. Dat. 5, 3: *si quid adversi* Att. 21, 5: *nihil reliqui,* Timol.
4, 2. aber *nihil neque insolens neque gloriosum.* — 3) das substant. Adverb *satis, praesidii*
Them. 8, 5. Tim. 3, 1. *eloquentiae* Cim. 2, 1. *auri atque argenti* Ep. 4, 2; jedoch, wie die eben
aufgezählten Neutra nur im Nom. oder Acc.

§ 6. Der Gen. partitivus steht 1) oft bei *pars,* Them. 5, 1. bei *reliquiae, copiarum.*
Auch *exemplum bonitatis* Att. 10, 3. *rerum* 19, 1. *vestigia servitutis* Timol. 3, 3. *complures
nobiles Persarum* Paus. 2, 2. *regio Persidis* Eum. 8, 1. *arx Athenarum* Cim. 2, 5. *caput totius
Graeciae* Ep. 10, 4. *castellum Phrygiae* Eum. 5, 3. *ora Asiae* Alc. 5, 6. *omnes fere civitates
Graeciae* Ar. 2, 3. Con. 5, 2. Pel. 5, 5. u. Aehnl. kann hierher gerechnet werden. *Partim* wird
in Uebereinstimmung mit ciceron. u. liv. Gebrauch Att. 7, 2. als Subj., Dat. 10, 2. als Obj. mit
dem Gen. verbunden: *quorum partim invitissimi castra sunt secuti, partim remanserunt* und
praedas, quarum partim suis dispertit, partim ad Datamen mittit. — 2) bei den bestimmten
und unbestimmten Zahlwörtern und Pronominibus *unus* Phoe. 3, 1: *quarum una — altera, alter* auch
sonst Dion 1, 1. Ep. 7, 3. Ag. 1, 3. Reg. 2, 1., nur mit dem Gen. von Pronn. rel. oder demonstr.
alius, Macedonum Eum. 7, 1. *complures, quarum* Alc. 5, 6. *nemo, eorum* Paus. 4, 1. *Boeotorum*
Ep. 8, 3. *nihil, earum rerum* Alc. 10, 1. *eorum* Ep. 8, 2. *horum* Eum. 6, 3. *rerum humanarum*
Timol. 4, 4. *ceteri, populi Romani* Att. 18, 5. *princeps* öfters in eigentl. Bedeutung, in uneigentl.
bei *sceleris* Eum. 13, 3. *consilii* Att. 8, 2. *eius rei* 8, 3. *quis, Romanorum* pr. 6. *aliquis, suo-*

rum Dion 8, 2. *civium* Ep. 3, 5. *quisquam, horum* Att. 13, 4. *suorum* 20, 1. *uterque,* das bei
Substantiven Adj. ist, regiert die Genn. *horum* Att. 13, 3. *harum* Phoc. 3, 1. *quorum* Reg. 1, 2.
— 3) bei den Comparativen *prior, quarum* Dion 1, 1. *horum* Reg. 1, 2. *brevior, quarum*
Eum. 8, 5. und bei Superlativen, die entweder allein, Alc. 1, 2. 2, 1. 7, 4. Thras. 1, 1. Iph. 1, 1.
Tim. 4, 2. Ham. 2, 4. oder bei einem Subst. stehen, in welchem Falle man hie und da geneigt
sein kann, den Gen. vom Subst. und Superlativ gleichmässig abhängen zu lassen, pr. 4. 6. Them.
9, 2. Tim. 4, 5. Ag. 4, 6. 5, 3. Hann. 2, 1. 9, 2.*) An 2 Stellen hängt der partitive Gen. von
dem Gesammtbegriff eines Subst. und ihm verbundenen Comparativs ab pr. 7: *in interiore parte
aedium.* Dion. 9, 1: *loca munitiora oppidi.* Ein adverbieller Superl. mit dem Gen. ist Milt.
1, 1: *unus omnium maxime floreret.* Elliptisch ist der partit. Gen. *triumvirum* Att. 12, 2.
(s. § 1.) — Statt des Gen. treten die Praepositionen *ex, de, inter, in* ein: *ex* bei *unus* Pel. 3, 2.
Ag. 8, 3. Hann. 3, 3. (wo, wie Caes. b. g. 5, 24, *alter* und *tertius* folgen, vgl. Kühnast a. a. O.
p. 79. Gossrau, L. Spr. p. 307.) 12, 1. *duo* Reg. 1, 5. Hann. 13, 3. *princeps* Ag. 1, 2., bei Pronn.
Paus. 4, 4. Thras. 3, 3. Reg. 2, 3., bei Superll. Ag. 1, 3. Reg. 1, 2. *de* bei Zahlen Thras. 2, 1.
Dat. 8, 3., bei Pronn. Iph. 1, 1. Ag. 7, 3. Att. 8, 4. 14, 2., beim Superl. Them. 9, 1. *inter* Ag.
2, 3: *summum imperium inter praefectos.* In der Bedeutung „unter" wird sehr oft *in* in ähnlicher Weise gebraucht, wie *ex* Reg. 3, 2: *ex his Antigonus,* z. B. kurz vorher *in iis Antigonus.*
Auf den folgenden Relativsatz beziehen sich partitive Bestimmungen Them. 4, 3: *de servis suis
quem habuit fidelissimum* Reg. 3, 1. Cato 3, 2. Man kann sie durch Ellipse eines Pronomens
erklären, was geschehen muss bei *adiunctis de suis comitibus* Ag. 6, 3. und der ganz ähnlichen
Stelle 1, 3: *horum ex altera in alterius familiae locum fieri non licebat.*

§ 7. Auf den Gen. obiectivus richtet sich die in einem Nomen oder Verbum liegende
Thätigkeit. Bei Substantiven entspricht er deshalb allen Casus, welche von den mit ihnen stamm-
verwandten Verben oder Adjectiven abhängen. Ferner aber vertritt er auch (*concursus proelii:
concurro ad proeliandum, suffragia testarum: suffragor testis*) verschiedene Adverbialbestimmungen.
Wenn wir absehen von den häufigen Personenbezeichnungen, wie *pontis custodes* Milt. 3, 1. 3. *praefectus classis* Lys. 4, 1. *morum* Ham. 3, 2. *philosophiae praeceptorem* Ep. 2, 2. *obses ales rei*
Phoc. 2, 4. *conditor urbium* Timol. 3, 2. *doctor litterarum* Hann. 13, 3. *nullius rei neque praes neque
manceps* Att. 6, 3. *sponsor omnium rerum* 9, 4. etc., so steht er 1) bei Verbalsubstantiven und
zwar a) an Stelle des Acc. bei dem entsprechenden Verbum transit.: *admiratio* Iph. 3, 1. *aemu-
latio* Att. 5, 4. 20, 5. *amissus* Alc. 6, 2. *amor* 2, 3. *caedes* Thras. 3, 3. Ep. 10, 3. *cohortatio*
Hann. 11, 1. *commutatio* Alc. 5, 5. *coniectus* Pel. 5, 4. *crimen* Paus. 3, 7. und öfters (im Abl.
s. § 13.) *desiderium* Cim. 3, 2. *finis* (s. § 19 fin.) *institutum* Att. 7, 3. *laus* Timol. 1, 5. Reg. 1, 4.
Cato 2, 4. (wo man freilich auch g. causae annehmen kann.) *motus* Eum. 5, 4. *mutatio* Att. 16, 4.
notitia 18, 4. *odium* Dion. 4, 2. 5, 3. Timol. 2, 3. *pernicies* Dat. 5, 4. Ep. 7, 5. 9, 1. Eum.
11, 2. *possessio* Timol. 2, 4. *praeoccupatio* Eum. 3, 6. *procuratio* Thras. 3, 1. Att. 3. 2. 15. 3.
proditio Phoc. 4, 1. *proscriptio* Att. 12, 4. *repulsa* Paus. 2, 5. *signum* Iph. 2, 2. Ag. 7, 4.
Hann. 11, 1. Att. 13, 4. *spes* Milt. 3, 2. Paus. 3, 6. Eum. 10, 4. 11, 2. Hann. 8, 1. Att. 21, 6.
suspicio Dat. 10, 3. Ep. 5, 5. Phoc. 4, 1. (*propter proditionis suspicionem Pauci,* ein Gen. obi.
von dem andern abhängig, wie Att. 18, 4: *cupiditatem notitiae clarorum virorum.*) Att. 6, 5.

---

*) Nicht hierher gehören Paus. 1, 2.: huius inlustrissimum est proelium apud Plataeas und
Reg. 1, 3: Xerxi maxime est illustre, quod, da bei diesen substantivischen Superlativen ebenso der Gen.
subi. steht, wie Ar. 2, 2: neque aliud est ullum huius in re militari inlustre factum u. Thras. 3, 2: prae-
clarum hoc quoque Thrasybuli.

simulatio Eum. 7, 2. *testimonium* Tim. 4, 2. Ep. 4. 6. Att. 16, 1. — b) an Stelle anderer Casus oder Praepositionalausdrucks: *auxilium* Att. 10, 5 (an verdächtiger St., *colloquium* Dat. 10, 3. *concursus* Thras. 1, 4. *consuetudo* Eum. 9, 4. Att. 14, 2 *fiducia* Hann. 8, 1. *fructus* Att. 6, 4. *imperium* Phoc. 2, 4. Att. 3, 3. *iudicium* Ep. 8, 5. *nuptiae* Att. 12. 1. *obtrectatio* Eum. 10, 2. Att. 20, 5. *opinio* Alc. 7, 3. *parsimonia* 11, 4. *studium* Cato 3, 2. Att. 12, 3. *suffragia* Them. 8, 1. Cim. 3. 1. *usus* Eum. 3. 3, 8. 3. Att. 14. 3. (subi. Ep. 2, 4: *ad athletarum usum.*) — 2) bei Substantiven, deren entsprechende Adjectiva den Gen., Dat. oder eine Praepos. regieren: *affinitas* Att. 2, 1. 12, 1. 19, 2. *cupiditas* Milt. 8, 2. Att. 12, 2. 18, 4. *familiaritas* Att. 9. 3. 10, 1. 19, 2. (s. auch Eum. 1, 4.) *ignorantia* Ag. 8, 5. *inscitia* Ep. 7, 4. *integritas* Phoc. 1. 1. *memoria* Ar. 2. 2. Alc. 4, 5. Tim. 2, 3. Ep. 7, 2. Phoc. 1. 1. Timol. 2, 2. *misericordia* Them. 8, 7. *potestas* Lys. 1, 5. Ag. 3, 6. Hann. 9. 1. Att. 12. 1. *prudentia* Cim. 2, 1. *societas* Milt. 1. 2. Dion. 5, 2. Timol. 1, 3. *utilitas* Ep. 2, 4. — 3) bei andern Substantiven: *caritas* Alc. 5. 1. 8, 1. Ep. 4. 2. *causa* Milt. 8, 1. u. oft. *condicio* Att. 2, 4. *copula* 5, 4. *detrimentum* Hann. 5, 2. Cato 2, 4. *fama* Lys. 1. 1. Dion. 1, 2. Dat. 3, 1. Phoc. 1, 1. Reg. 1, 4. *gesta* Hann. 13, 3. *gratia* s. § 15. *indoles* Eum. 1, 4. *iniuria* Con. 5, 1. *labor* Phoc. 1, 1. *officina* Ag. 3, 2. *periculum* Tim. 4. 3. *praeda* Tim. 4, 1. *propugnaculum* Timol. 3, 3. *specimen* Hann. 3, 3. *virtus* Reg. 1, 4. Auch Att. 8. 5. ist das auf die Lücke folgende *provinciarum* wahrscheinl. g. obi. Wie hier aus einem äussern, so ist aus inneren Gründen in manchen Fällen, besonders wenn der Gen. von einem die Beziehung von Personen zu einander ausdrückenden Substantiv (*amicitia, consuetudo, familiaritas, offensio, societas, usus, initium*) abhängt, kaum zu entscheiden, ob er subj. oder obj. ist. — Nur an 5 Stellen habe ich statt des Gen. die Praepp. *erga* und *in* gefunden, jene bei *crudelitas* Alc. 4, 4. u. *odium* Ham. 4, 3. Hann. 1, 3. (welcher Gebrauch in feindlichem Sinne nur vor- und, von Liv. an, nachclassisch ist), diese bei *amor* Thras. 1, 1. u. *odium* Hann. 2, 3. Denn Lys. 2, 2. Alc. 3, 5. Dat. 9, 1. 10, 3. Phoc. 4, 4. Hann. 10. 1. Att. 10, 4. 17, 2. gehören sie ebenso zur ganzen Aussage, wie *de* bei *mentionem facere* (s. § 11.), *fama perfertur, pervenit, exit* Them. 2, 6. Ag. 8, 3. Dat. 6, 1. Hann. 9, 2., *cum* bei *in amicitia esse* Hann. 2, 4. etc.*) Die Vertretung des obj. Gen. der Personalpronomina, von denen nur *sui* bei *admiratio* Iph. 3, 1. *fama* Lys. 1, 1. *potestas* Ag. 3, 6. Ham. 9, 1. vorkommt, durch Possessiva findet sich vereinzelt: *suus accusator* Lys. 4, 3. *suam existimationem* Att. 15, 2: (s. auch Dat. 6, 8. u. Att. 1, 4.); etwas häufiger fungiert ein Demonstrativum oder Relativum an Stelle des Gen., wozu auch Cic., Caes. und besonders Liv. Beispiele liefern. (s. Madvig, L. Spr. § 314. Kühnast a. a. O. p. 190.) Den von Nipp. gr. A. z. Alc. 10, 4. aufgezählten Beispielen Milt. 1, 2: *eius demigrationis.* Cim. 1, 3: *huius coniugii.* Paus. 4, 6: *eam* u. Eum. 6, 4: *quam veniam* Lys. 3, 1: *quo dolore.* Dat. 9, 3: *in quo itinere* lassen sich noch hinzufügen *hoc crimine* Alc. 4, 1. Ep. 8, 1. *cuius laudis* Iph. 2, 3. *quo nuntio* Dat. 7, 1. Einmal, Dion 1, 2. *generosamque maiorum famam*, steht ein Adj. statt des Gen. obi., wie Dion 9, 5: *singularis potentia* u. Reg. 2, 2: *singularis imperii* (was auch ciceronianisch) statt des subi.

§ 8. Folgende relativen Adjectiva haben den objectiven Gen. bei sich: *particeps* Eum. 1, 5. 6. Timol. 1, 3. *expers* pr. 2. Ag. 6, 3. Att. 2, 1. 18, 5. *cupidus* Cim. 1, 3. Eum. 3, 1. Reg. 2, 2. Cato 3. 1. *studiosus* Ep. 3, 2. Cato 3, 5. Att. 1, 2. *peritus* Them. 2, 3. Tim. 1, 1. Dat. 8, 4. Ep. 3, 1. Reg. 2, 2. *imperitus* Ep. 7, 1. *prudens* Con. 1, 2. *conscius* Dion 9, 1.

---

*) Ueber andre Praepositionalausdrücke, welche Attribute eines Substantivs bilden. wird ebenso. wie über den obj. Gen. des Gerundiums oder Gerundivums. später gesprochen werden.

consultus (iuris) Cato 3. 1. *rudis* Pel. 1. 1. *insuetus* Dion 7, 3. (bei Cic. Att. 2, 21, 4. fraglich, sicher bei Caes. u. Liv. Fischer a. a. O. II, p. 35. Kühnast a. a. O. p. 75.) *memor* Hann. 12. 5. Att. 10, 4. *plenus* Paus. 1, 2. Alc. 1, 2. *abundans* Eum. 8, 5. *supplex (dei)* Paus. 4, 5. *(deorum)* Ag. 4, 8.. (so zuerst bei Nep., während Cic. es mit dem Dat., auch Cael. 32, 79., verbindet. dann bei Sen. Quint.) — darunter *stud. per. insuet.* je einmal den des Gerundiums, resp. Gerundivums. — An diese schliesst sich das einzige adjectivische Particip mit dem Gen. *diligens (veritatis)* Ep. 3, 1., während *ferens* und *celans* trotz ihrer eigenschaftlichen Bedeutung den Acc. beibehalten Ep. 3, 2: *idem continens, clemens patiensque admirandum in modum, non solum populi, sed etiam amicorum ferens iniurias, in primis commissa celans.* u. 7, 1: *Fuisse patientem suorumque iniurias ferentem civium.* vgl. Cic. Tusc. 2, 4, 11: *humana despicientem.*

§ 9. Von den Adjectiven, welche als solche den Dat. regieren, werden im Posit. u. Superl. substantivisch gebraucht und mit dem Gen. (Eum. 6, 3.), einem attributiven Adj. (ib. 2, 1.) oder Pron. possess. (Att. 12, 3.) verbunden: *aequalis*, nie c. dat., auch nicht Ar. 1, 1: *aequalis fere fuit Themistocli. propinquus, familiaris, socius, amicus, inimicus, adversarius, intimus* Con. 2. 2.. *inimicissimus.* — *Similis* u. *dissimilis* haben überall (Dat. 9, 3. Ep. 4. 2. Phoc. 1. 4. Timol. 5, 3. Att. 10, 2. — Chabr. 3, 4.) den Gen. von Personennamen, persönlichen oder hinweisenden Pronn. bei äusserer (Dat. 9, 3.) und innerer Aehnlichkeit, was im Allgemeinen mit Cic. (Madvig z. Cic. Fin. 5, 5, 12.) Liv. (Gossrau, Lat. Sprachl. p. 311. nach Hildebrand's Dortm. Progr. 1865 p. 22, dessen Auffassung Kühnast a. a. O. p. 124 f. nicht ganz theilt) und, wie es nach Fischer I 24. II 35. scheint, auch Caes. stimmt. Sachliche Objecte finden sich bei Nep. überhaupt nicht. Auch *proprius* hat nur den Gen. Lys. 1, 5. Thras. 1, 5. Pel. 4, 1. *Propinquus* würde an 2 einzigen Stellen der lateinischen Prosa den Gen. regieren, wenn nicht Hann. 5, 1: *in propinquis urbis montibus* Fleckeisen die hs. Lesart in *urbi*, Liv. 6, 25, 7: *ex propinquis itineris locis* Madvig in *itineri*, beide wohl mit Recht, geändert hätten.

§ 10. Der Verbindung des possessiven Gen. zur Bezeichnung des Besitzes, der Zugehörigkeit, der Eigenthümlichkeit mit seinem Beziehungswort dienen *esse* Them. 3, 2. 9, 1. Con. 4, 1. Ham. 1, 5. Att. 20, 5. *facere (lucri*, statt *lucrifacere*, nach plautin., in Prosa seltenem Gebrauch. vgl. *erat super* Alc. 8, 1.) Thras. 1, 3. *existimari* Att. 6, 1: *ut semper optimarum partium et esset et existimaretur. duci* Att. 13, 4: *et non intemperanter concupiscere continentis debet duci et potius diligentia quam pretio parare non mediocris est industriae. arbitror* Att. 15, 1: *non liberalis, sed levis arbitrabatur polliceri, quod praestare non posset.* Die von Cic. Caes. u. a. hier zuweilen verwandten *res, officium, munus, negotium, proprium* finden sich bei Nep. nicht zur Stütze dieses Gen., ebensowenig die stellvertretenden Neutra der Possessiva.

§ 11. Bei den Verben des Erinnerns und Vergessens steht nur 2mal der object. Gen. Eum. 6, 2: *obliviseretur omnium iniuriarum.* Phoc. 4, 1: *reminiscentes veteris famae*, 2mal der Acc. Alc. 6, 3. *(reminiscor*)* Dat. 11, 3. *(obliviscor.) Mentionem facere* hat immer *de* Alc. 2, 2. 5, 3. Ep. 4, 5. Ham. 3, 3. Hann. 11, 5. 12, 1. Att. 16, 3., *certiorem facere* stets einen abhängigen Satz nach sich.

§ 12. Die Impersonalia der Gemüthsbewegung *poenitet* und *taedet* regieren Cim. 3, 2. Tim. 4, 1. Att. 15, 2. den Acc. der empfindenden Person und den Gen. der empfundenen Sache. Bei *pudet* steht pr. 6. statt des letztern der Inf. *Misereor* hat Phoc. 4. 1. den Gen., während *miseror* und *commiseror* je einmal mit dem Acc. vorkommen Dion. 9, 5. Ag. 5, 2.

---

*) Alc. 2, 1. muss reminisci nach Heusingers ebenso eleganter. wie evidenter Conj. in eminisci verwandelt worden.

§ 13. Bei den Verben des Anklagens, Verurtheilens, Freisprechens steht die Sache, um die es sich handelt, entweder im blossen Gen. Milt. 7, 5. Paus. 2, 6. Thras. 3, 2. Tim. 3, 5. (*accuso*) Them. 10, 5. Paus. 3, 4. Alc. 4. 5. 6, 4. Chabr. 3, 1. Eum. 5, 1. Phoc. 3, 2. Timol. 5, 3. (*damno*, an letztgen. St. mit *voti* verbunden, was sich nicht bei Cic. u. Caes., aber mehrfach bei Liv. findet.) Milt. 7, 6. (*absolvo*) Paus. 2, 6: *accusatus capitis absolvitur* (Ausser den erwähnten Genn. kommen nur noch *proditionis, sacrilegii* u. *ante actarum rerum* vor.) oder das Verbrechen hängt im Gen. oder in allgemeiner Andeutung durch das attributive Pron. *hic*, einmal durch das Adj. von *crimine* ab Milt. 8, 1. (*crimine Pario*) Lys. 3, 4. Alc. 4, 1. Ep. 8, 1. bei *accuso*. Alc. 4, 1: *compellabatur hoc crimine* (wahrscheinlich einzige Stelle dieser Verbindung). Them. 8, 3: *hoc crimine absens proditionis damnatus est*, sind *crim.* u. *prod.* einander coordiniert. Thras. 3, 2: *ne quis ante actarum rerum accusaretur neve multaretur*, ist der Gen. zeugmatisch auch auf *mult.* zu beziehen. Von den diesen Verben entsprechenden Adjectiven kommt nur *reus* Alc. 8, 4. mit *eius delicti* verbunden vor.

§ 14. Zur allgemeinen Bezeichnung des Werthes gebraucht Nep. bei *esse, facere, fieri, existimare* die Genn. *magni* Con. 1, 1. Dat. 1, 2. Cato 1, 2. *pluris* Iph. 3, 4. Dat. 5, 2. Ep. 10, 4. *plurimi* Eum. 2, 2. *parvi* ib. 10, 4. *minoris* Cato 1, 4. *tanti* Tim. 4, 3. — *Interest* und *refert* kommen als Impersonalia nicht vor.

§ 15. Die Ablative *causa* u. *gratia* werden mehrfach mit ihnen vorangestellten Genn. verbunden, *causa* 10mal, Ep. 7, 5. mit dem Gerundiv, u. Ep. 4, 4. mit *tua* u. *mea*; *gratia* hat an 5 Stellen den Gen. gerund. Cim. 4, 1. Con. 3, 2. Dion 9, 3. 10, 1. Hann. 7, 6., an der sechsten, Lys. 2, 1., *exempli* vor sich, (Cic. Off. 3, 12, 50.). s. Krebs, Antib. s. v. *ex. Ergo* steht Paus. 1, 3: *eius victoriae ergo* der Regel gemäss in urkundlicher Anwendung (Krebs a. a. O. s. v.).

§. 16. Im Gen. loci steht, abgesehen von den Namen mehrerer Städte, innerhalb deren etwas ist oder geschieht, Hann. 4, 1. *Clastidi* statt *apud Clastidium*, wofür Nipp. gr. Ausg. 2 Parallelen, Hirt. b. Alex. 48, 1: *Palaepharsali* u. Val. Max. 5, 3, ext. 3: *Marathone*, und Kühnast a. a. O. p. 186. mehrere Stellen aus Liv. beibringen. Veranlassung zu *Clastidi* gab jedenfalls das darauf folgende *apud Padum*, vor dem ein *apud Cl.* schlecht gelautet haben würde. (vgl. *Cretam ad Gortynios* Hann. 9, 1.) Von Inseln kommt in diesem Gen. nur *Cypri* Chabr. 2, 2. 3, 4. vor, da ib. 3, 4. die Hss. für *Iphicrates in Thraecia, Thimotheus Lesbo, Chares Sigeo* entscheiden. Mit *in* wird auch pr. 4. *Creta*, nach Valkenaers vortrefflicher Conj., und Ham. 1, 1. 2. Cato 1, 2. *Sicilia* verbunden. Milt. 2, 4. ist *Chersonesi* (ohne Parallele bei Cic. Caes. Liv., aber Sall. Jug. 33, 4: *Romae Numidiaeque*, und in der nachaugust. Zeit vereinzelte Beispiele. s. Gossrau, L. Spr. p. 320. Kühnast p. 187.) einstimmig überliefert und so ist auch 8, 3. zu lesen. *Chersoneso* ist auf die Frage wo? jedenfalls unlateinisch (Nipp. Spic. p. 15. s.). Es ist entstanden aus dem Anfang des folgenden *omnes*, wie Caes. b. c. 1, 12, 1: *Avarico* aus *Avarici*, weil *complures* folgt — welche Stelle Nipp. selbst anführt, ohne aus ihr auf unsere zu schliessen. (Auch Alc. 5, 2. ist nach Heusinger an dem fehlerhaften *Alcibiadi* das folgende *diutius* Schuld. N. Spic. p. 34.) — Bei vorausgehender Apposition heisst es Cim. 3, 4: *in oppido Citio*. Alc. 3, 2: *in oppido Athenis*. — *Domi* bezeichnet die Oertlichkeit im Allgemeinen, nicht gerade das Gebäude, auch Timol. 4, 4: *suae domi sacellum Automatias constituerat*. Es ist unser „zu Hause" oder auch „in der Heimath": Dion 9, 1. Pel. 4, 1. Hann. 9, 3. Att. 13, 4: Milt. 4, 4. Ep. 6, 3. Hann. 1, 2. Att. 7, 2., wogegen *in domo eius* Lys. 3, 5. *sua* Alc. 3, 6. das Gebäude, *in domo Pericli* Alc. 2, 1. die Familie bedeutet. *Domi bellique* Alc. 7, 1. *Domo se tenuit* Ep. 10, 3. ist trotz Dion 9, 1. wegen der Construction von *se tenere* mit *castris* etc. bei Caes. Cic. Liv. und von *se continere* bei Cic. (s. Halm z. d. St.) das Richtige.

Dativ.

§ 17: Die Form *alterae* findet sich Eum. 1, 6. *totae* Timol. 3, 2. s. Neue, II p. 185.
Piraeo Phoc. 2, 4. s. § 27. der contrahierte Dativ der 4. Decl. nur in *senatu* Cato 2, 2. und vielleicht in *casu* Alc. 6, 4. s. Nipp. Spic. p. 35. *Pernicii*, sonst nur als Gen. feststehend, ist Thras.
2, 2. in den besten Hss. überliefert.

§ 18. Der Dativ bezeichnet zunächst a) die Person, seltener b) die Sache, **in Bezug
worauf** die Gesammtheit des Praedicats, nicht blos ein einzelnes Wort, ihre Geltung hat.*)
a) Milt. 8, 4: *ut nemo tam humilis esset, cui non ad eum aditus pateret.* Alc. 9, 1: *non satis
tuta eadem loca sibi arbitrans.* 9, 3. Con. 1, 3. 3, 1. Tim. 4, 6. Ag. 2, 3. Eum. 11, 2. Reg.
2, 3. Hann. 2, 5. Att. 6, 2. 10, 5. 18, 4. 19, 4. etc. Hierher gehört auch der Dativ bei *dico*
Ep. 6, 3 Hann. 12, 4. *inquam* Con. 3, 3. Ep. 5, 3. Phoc. 1, 4. 4, 3. *aio* Dat. 11, 4. Eum. 11, 3.
respondeo Them. 2, 6. Ar. 1, 4. Hann. 7, 3. und Eum. 11, 5. bei zu ergänzendem Verbum des
Sagens, vor directer oder indirecter Rede. — b) Them. 2, 1; *non solum praesenti bello, sed
etiam reliquo tempori**) ferociorem reddidit civitatem.* Att. 13, 6: *non amplius quam terna
milia — eum expensum sumptui ferre solitum.***) Sehr bemerkenswerth ist Them. 6, 5. die
Conjectur Heerwagens: *cum satis alti tuendo muri extructi viderentur,* da durch sie auch bei
Nepos ein Gerundium sich dieser besonders Liv. u. Tac. geläufigen Ausdrucksweise anschlösse.
statt dem Zweckbegriff gemäss mit *ad* verbunden zu werden.†) (s. Kühnast p. 128 ff. Draeger § 206.)
Der Dat. statt *ad* auch Ag. 4, 1: *nuntius ei domo venit* und statt *apud* Ep. 1, 1: *quae ipsis leviora
sunt.* — Dieser Dat. tritt öfters an die Stelle eines von einem Substantiv abhängigen Genitivs
oder Pronomen possessivum, Milt. 4, 1: *se hostem esse Atheniensibus.* (vgl. Cic. Mur. 9, 20.
Sall. Jug. 10, 5. etc.) 7, 3: *utrisque venit in opinionem.* Them. 10, 2: *domicilium sibi con-
stituit.* Ar. 2, 3. Paus. 4, 1. Cim. 4, 3. Alc. 4, 6. 7, 1. Chabr. 4, 2. Tim. 2, 3. Dat. 3, 4. 8, 3.
Hann. 2, 1. 3. 11, 5. Att. 3, 2. 9, 6. 21, 2. etc. Auch Att. 16, 3: *ei rei sunt iudicio* (s. § 24.),
vgl. mit Cic. Dom. 42, 110, gehört hierher. — Ein Beispiel des nach griechischem Vorbild zuerst
von Caes. b. c. 3, 80: *venientibus,* öfter von Liv. u. Tac., aber nicht von Cic. u. Sall. (Draeger p. 20.)
determinativ gebrauchten Particips im Dat. bietet Milt. 1, 5: *hic enim ventus ab septentrionibus*

---

*) Die Bezeichnung des Dat. commodi oder inc. trifft nur bei einem Theile der hierhergehörigen Beispiele zu.
**) Fleckeisens Conjectur (Philol. IV 1849. p. 313.) tempori für tempore scheint mir unzweifelhaft.
***) „auf Rechnung des Aufwands setzen", so dass sumptui nicht zu expensum allein gehört, was die
Erklärungen von Nipp. und Ebeling in ihren Ausgg. z. d. St. vorauszusetzen scheinen. Jenes ergiebt sich aus den
Forcellini. T. 1. 1. Schneeberg 1831 s. v. angeführten Stellen und der Nothwendigkeit einer persönlichen Beziehung
für ferre. da die sachliche des Rechnungsbuches zwar im deutschen „eintragen", aber nicht in dem lat. Simplex
ferre enthalten ist.
†) Bedenklich bleibt aber immer das nach Analogie von μέγας ηὐξήθη proleptische Praedicat alti bei ex-
structi. statt des üblichen Adverbs, welche auch sonst dem Lateiner ungewöhnliche Construction durch obige Conj.
in Nepos eingeführt würde.

oriens adversum tenet Athenis proficiscentibus. vgl. auch Dat. 3, 4: *inopinanti.* — Endlich ist gleichsam eine Contraction der vollständigen Aussage auf ein einziges Substantiv nach der officiellen Formel Att. 12, 2: *triumviri rei publicae constituendae.**) — Das einzige Beispiel eines Dat. ethicus könnte Ag. 4, 6: *quaerereturque ab eo, quid iis vellet fieri* sein, wenn *iis* nicht ebenso gut als Abl. zu betrachten wäre. Them. 2, 6. steht *de* in ähnlicher Bedeutung.

§ 19. Da die Entscheidung darüber, ob ein Dativ die Beziehung der gesammten Aussage ausdrückt oder bloss dem Verbum als entfernteres Object angehört, in nicht wenig Fällen von der subjectiven Auffassung des betreffenden Verbums abhängt, so sind im Folgenden alle diejenigen Verba zusammengestellt, bei denen sich ein Dativ findet neben einem Objects-Accusativ oder Satz, oder auch so, dass (wie bei *numero* Ep. 3, 6. *nego* Hann. 12, 3., *polliceor* Lys. 4, 3.) ein näheres Object zu ergänzen ist: *abrogo* Alc. 7, 3. Ep. 7, 3. *accelero* (Lambin's Beseitigung von *ad* vor *id* scheint mir unerlässlich) Att. 22, 2. *adduco* Hann. 2, 2. *adimo* Ep. 4, 4. *affirmo* Them. 4, 2. *aperio* Them. 8, 6. Paus. 4, 5. *colloco* Att. 19, 4. *commemoro* Hann. 2, 3. *concedo* Dion 6, 3. Tim. 2, 2. Att. 7, 3. *concilio* Them. 10, 1. Ag. 2, 5. Timol. 3, 2. Att. 19, 1. 3. *concito* Hann. 11, 5. *confero* Ag. 7, 3. Att. 8, 6. *consequor* Ep. 5, 5. *constituo* Them. 10, 2. Con. 5, 2. Chabr. 1, 3. 2, 1. Att. 8, 3. *coquo* Cim. 4, 3. *credo* Milt. 3, 2, Hann. 9, 3. *debeo* Ep. 3, 6. *decerno* Milt. 6, 4. Alc. 7, 1. *declaro* Hann. 11, 2. *dedo* Them. 1, 3. u. öfter. *defero* Them. 7, 2. Hann. 12, 2. Att. 4, 2. 19, 3. *deligo* Ar. 2, 3. *despondeo* Att. 19, 4. *dico* wird Eum. 2, 2: *hoc tempore data est Eumeni Cappadocia sive potius dicta* in der Bedeutung „zusagen", wie Cic. Att. 2, 7, 3., im alterierenden Wortspiel mit *do* c. dat. construiert. s. Nipp. gr. A. z. d. St. *dimitto* Hann. 12, 5. *dispertio* Dion. 7, 1. Dat. 10, 2. Ag. 8, 4. Eum. 2, 1. *divido* Cim. 2, 5. Timol. 3, 2. *do* Milt. 3, 1. 5. u. oft. *dono* Them. 10, 3. Con. 4, 5. Att. 4, 4. *exprobro* Ep. 5, 5. vgl. § 29. *facio* (*fio*) Paus. 3, 5. 5, 1. Dion 4, 3. 8, 4. Chabr. 1, 3. Tim. 2, 2. Ag. 2, 1. Hann. 11, 1. (*palam fac.*) *immolo* Hann. 2, 3. *impero* Con. 4, 2. Att. 7, 3. *indico* Them. 8, 3. Cim. 3, 2. Alc. 3, 1. Thras. 1, 5. Con. 2, 4. Dat. 2, 5. Ag. 4, 1. (stets mit *bellum*) *instituo* Tim. 2, 2. *iuro* Eum. 10, 2. *maturo* Chabr. 4, 2. *mitto* Alc. 4, 3. Dat. 4, 1. 5, 3. Eum. 6, 4. Att. 10, 4. 20, 1. *nego* Dion 2, 2. Phoc. 2, 4. Hann. 12, 3. *numero* Ep. 3, 6. *nuntio* Them. 4, 3. Con. 4, 3. Dat. 3, 3. 9, 2. Hann. 12, 4. *pario* Alc. 7, 5. Reg. 2, 3. *paro* Alc. 9, 5. *pendo* Hann. 7, 5. *permitto* Con. 4, 1. Dat. 10, 1. Ep. 8, 1. Ham. 1, 3. *polliceor* Them. 10, 2. 4. Lys. 4, 2. Dat. 10, 1. *pono* Tim. 2, 3. Att. 3, 2. *porto* Dat. 4, 2. *praebeo* Them. 10, 3. Dat. 10, 3. Att. 4, 4. *praecipio* Milt. 1, 3. Paus. 4, 4. Ep. 1, 1. Hann. 10, 3. *praedico* Them. 7, 3. Dat. 9, 4. *praestituo* Chabr. 3, 1. *praesto* Milt. 2, 3. Att. 4, 3. 8. 4. 9, 4. *prodo* „verrathen:" Phoc. 3, 4. *memoriae:* Them. 10, 5. Paus. 2, 2. Iph. 3, 2. Hann. 13, 3. *propono* Att. 21, 2. *reddo* Paus. 2, 2. Thras. 3. 1. Dion 3, 3. Ep. 4, 3. Pel. 1, 3. Eum. 12, 2. Timol. 3, 2. Reg. 1, 5. *refero* Dat. 9, 2. *relinquo* Milt. 3, 2. Dion 1, 1. 4, 4. Eum. 12, 3. *remitto* Paus. 2, 2. Eum. 4, 4. *renuntio* Alc. 10, 2. *reservo* Att. 22, 2. *restituo* Alc. 6, 5. Con. 5, 2. Tim. 4, 1. Timol. 3, 2. 5, 3. Ham. 2, 4. *scribo* Lys. 3, 5. Att. 10, 4. *servo* Eum. 13, 3. *solvo* Cim. 1, 1. Lys. 3, 2. *sumo* Milt. 1, 3. *suppedito* Alc. 8, 1. *trado* Milt. 2, 4. u. oft. *tribuo* Milt. 6, 1. 3. Alc. 6, 2. 7, 2. Dat. 5, 4. Hann. 13, 2. Att. 4, 3. 6, 5. 9, 4. 19, 3. *vendito* Att. 11, 4. *volo* Att. 10, 5. — Wiegt der Gedanke an die Bewegung nach einem Orte oder an einen Zweck vor, so steht *ad*, oft bei *mitto*, wie Dion 4. 2. Dat. 10, 2: *praedas, quarum partim suis dispertit, partim ad Datamen mittit. refero* Dion 2. 5. *defero* Dion 8, 4. Eum. 5, 1. Hann. 3, 1. Paus. 5, 5. (s. Nipp. gr. A. z. d. St.) Phoc. 4, 2:

---

*) Ausführlich handelt über den in diesem § besprochenen Gebrauch des Dat. Kühnast p. 119—123.

quibus ad supplicium — damnati tradi solent und Lys. 4, 1: *ut ad ephoros sibi testimonium daret,* wo die beiden indirecten Beziehungen in verschiedener Auffassung und Form nebeneinander. So hat *scribo* Att. 10, 4. den Dat. des entfernteren Objects, Lys. 3, 5. den d. comm., Att. 20, 2. *ad.* Bei andern Ausdrücken steht *cum* Hann. 2, 4: *in amicitia cum Romanis fore.* Att. 17, 1: *cum sorore fuisse in simultate; apud* neben dem Dat. Ep. 1, 1: *neve ea, quae ipsis leviora sunt, pari modo apud ceteros fuisse arbitrentur.* vgl. auch pr. 3: *omnibus* mit Pel. 5, 1: *apud omnes gentes.* Eum. 1, 5: *apud Graios.*

Von den zusammengesetzten Redensarten mit dem Dat. sind hervorzuheben *fidem habeo* Them. 7, 2. Dion 5, 6. Dat. 11, 2. *facio* Ag. 8, 3. *do* Hann. 2, 4. *praebeo* Att. 4, 4. Aber Phoc. 2, 2: *quod amicitiae fidem non praestiterat,* ist *amicitiae,* verglichen mit Liv. 1, 1, 8. und Cic. Fam. 14, 4., Gen. *gratias ago* Hann. 7, 2. *(atque habeo)* Tim. 4, 3. *gratiam refero* Them 8, 7. Eum. 6, 5., während *in gratiam redeo cum aliquo* Alc. 5, 1. Thras. 3, 3. Dat. 8, 5. Att. 17, 1. *honorem habeo* Con. 1, 1. 3, 4. Att. 3, 1. *morem gero* Them. 7, 3. Dion 3, 1. Dat. 4, 3. *opem fero* Eum. 6, 3. Att. 10, 2. *operam do* Ep. 2, 4. Cato 1, 1. Att. 4, 3. *potestas fit* Att. 11, 1. *in potestatem venio* nur Dat. 3, 4., sonst mit dem Gen. Lys. 1, 2. Alc. 5, 5. Eum. 11, 4., wie auch *in potestatem redigo* Pel. 5, 1. Milt. 4, 1. *sub p. r.* Milt. 1, 4. 2, 5. Paus. 2, 4. *s. imperium r.* Tim. 2, 1. *in, sub potestate, imperio esse* Eum. 2, 2. Dion 5, 5. Eum. 7, 1. stets den Gen. oder ein Possessivpron. bei sich haben. *do iusiurandum* Hann. 2, 5. *negotium* Dion 8, 2. 9, 3. Alc. 10, 4. *id negotii* Con. 4, 1. *poenas* Milt. 3, 5. *supplicium* Ag. 5, 2. *veniam* Paus. 4, 6. Dion 2, 2. *verba* Hann. 5, 2. *in matrimonium* Reg. 3, 3. Ham. 3, 2. wie auch *nuptum* Paus. 2, 3. Dion 1, 1. 4, 3. und *uxorem* Cim. 1, 3. *venit in opinionem* Milt. 7, 3. Att. 9, 6. *in suspicionem* Paus. 4, 1., so auch Hann. 2, 2: *ut Hannibalem in suspicionem regi adducerent,* aber Paus. 2, 6: *in suspicionem cecidit Lacedaemoniorum.* — Dagegen steht bei *finem facio* immer der Gen. Dion 3, 3: *tyrannidis facere finem.* Timol. 1, 6. Ham. 1, 3. Hann. 13, 4.

§ 20. Von intransitiven Verben, zu denen wir schon durch die zusammengesetzten Ausdrücke am Schluss des vorigen § übergeleitet worden sind, verbindet Nep. mit dem Dat.: *expedit* Milt. 3, 5. *noceo* Alc. 4, 2. Ag. 4, 8. — *cedo* Cim. 3, 2. Chabr. 2, 3. Tim. 3, 4. Ham. 1, 2. 5. *adversor* Timol. 2, 3. — *faveo* Phoc. 3, 1. Att. 2, 2. *ignosco* Ep. 4, 3. *indulgeo* Lys. 1, 3. Dion. 2, 1. Chabr. 3, 2. Reg. 1, 4. Att. 9, 3. s. § 30. *insidior* Dat. 9, 2. Phoc. 2, 4, Hann. 6, 4. — *placeo* Ar. 1, 4. *displiceo* Them. 3, 1. Paus. 5, 5. Dion 1, 3. 10, 1. — *impero* Con. 3, 4. Eum. 8, 2. 9, 5. Timol. 1, 3. 3, 4. Hann. 12, 4. *interdico* Ham. 3, 2. *oboedio* Dat. 5, 4. Ep. 8, 1. *obsequor* Att. 2, 2. *pareo* Alc. 4, 6. Con. 5, 3. Dat. 4, 2. Ep. 7, 4. 10, 4. Ag. 4, 3. Eum. 6, 4. 8, 2. Timol. 1, 3. Hann. 8, 3. Att. 17, 3. *appareo* „dienen" (Cic. Leg. 2, 8, 21. Liv. 2, 55.) Eum. 13, 1. *dicto audiens sum* Lys. 1, 2. Iph. 2, 1. Dat. 2, 3. Ag. 4, 2. *servio* Them. 1, 3, Alc. 1, 3. 9, 4. Ep. 2, 4. Ham. 1, 3. Att. 6, 5. *inservio* Alc. 11, 3. *suadeo* Lys. 3, 5. Eum. 6, 2. *satisfacio* Att. 21, 5. — *adulor* (nach der erst seit Liv. häufigeren Constr.) Att. 8, 6. *irascor* Ep. 7, 1. Att. 17, 2. — *credo* Them. 9, 1. Con. 5, 4. — *videor* Paus. 2, 3. Dion 5, 3. Iph. 3, 4. Dat. 11, 1. Ep. 5, 5. Ag. 3, 4. Eum. 3, 5. Att. 13, 6. — *accidit* Con. 5, 1. Dat. 8, 4. Ag. 6, 1. Att. 21, 4. *contingit* Thras. 1, 2. Tim. 2, 3. Timol. 1, 1. *usu venit* Alc. 6, 3. Ag. 8, 2. *apparet* Pel. 1, 1. Ag. 6, 1. Eum. 10, 3. *licet* Paus. 3, 5. Cim. 1, 2. Chabr. 3, 3. Timol. 5, 2. 3. *mihi stat* Att. 21, 6. *necesse est* Them. 9, 2. *opus est* Att. 7, 1. — Dazu kommen noch die abweichend vom Deutschen mit dem Dat. verbundenen *medeor* Pel. 1, 1. *parco* Them. 6, 5. Paus. 2, 5. Thras. 1, 5. 2, 6. Dat. 6, 6. Reg. 2, 2. *persuadeo* Them. 2, 2. 5, 1. Alc. 6, 2. Dion 3, 3. Dat. 10, 3. Ep. 7, 4, Pel. 5, 2. Ag. 2, 1. Eum. 2, 4. 3, 5. Hann. 8, 1. *nubo* Cim. 1, 4. Att. 2, 1. *nupta sum* Timol. 1, 4. Att. 5, 3. *studeo* Lys. 1, 5. Pel. 1, 2. Ag.

2. 5. *invideo* nur Thras. 4, 2, wo *nolite id mihi dare, quod multi invideant,* wie auch Them. 5. 1: *idque ei persuasit. obtrecto* nur reciprok Ar. 1, 1: *namque obtrectarunt inter se.* Nur 4 von allen diesen Stellen zeigen das unpersönliche Passiv Alc. 4, 2: *quia noceri ei non posse intellegebant.* Eum. 9, 5: *quibus imperatum erat, diligenter praeceptum curant.* Ham. 3, 2: *non poterat interdici socero genero,* welche passive Construction auch Cic. Cato m. 7, 22, und Alc. 6, 2: *sic enim populo erat persuasum.*

§ 21. Ein Wechsel der Construction mit dem Dat. oder Accus. je nach der Bedeutung findet sich nur bei *consulo,* das Milt. 1, 2. *Apollinem,* sonst den Dat. bei sich hat. Them. 8, 5: *sibi.* Lys. 2, 3: *rebus suis.* Ep. 10, 1. und Phoc. 2, 2: *patriae.* Att. 21, 5: *mihi.* Von den andern hierher gehörigen Verben hat *prospicio* den Dat. Phoc. 1, 3: *liberis tamen suis prospiceret. provideo* den Accus. Hann. 9, 2: *nisi quid providisset. pertimesco de* Ep. 7, 1: *ut omnes de salute pertimescerent. Timeo* hat gewöhnlich den Accus., nur Dion. 8, 4: *cuius de periculo timebant.* Absolut stehen *prospicio* Hann. 12, 4. und *caveo* Alc. 5, 2. — Auch von den Verben, welche den Dat. und Acc. oder den Acc. und Abl. regieren, kommt allein *dono* mit beiden Constructionen vor. Die erstere hat es nur im Act. Them. 10, 3. Con. 4, 5. Att. 4, 4.. die zweite im Act. Pel. 5, 5. Hann. 7, 2. Att. 2, 6. und im Pass. Them. 10, 2. Alc. 6, 3. Con. 4, 2. Dion 10, 3. Dat. 3, 5. Ag. 3, 2. 7, 2. 8, 6. *aspergebatur etiam infamia* Alc. 4, 6., (Cic. Cael. 10, 23: *sed ne infamia quidem est aspersus.*) *circumdo* Them. 6, 1. Dat. 3, 2. Hann. 12, 4. *circumfundo* Chabr. 4, 2. Ag. 8, 7. und *impertio* Att. 1, 2. werden ebenfalls nur mit dem Acc. und Abl. verbunden.

§ 22. Die Verba transitiva und intransitiva, welche mit den Praepositionen *ad, ante, con, de, ex, in, inter, ob, prae, pro, sub, super* zusammengesetzt sind, drücken bei Nep., wie bei Caes. u. Sall. (während Cic. die Praep., Liv. den Dat. vorzieht, s. Kühnast's Zusammenstellung p. 133 f.) die Beziehung dieser Affixe ungefähr gleich häufig durch den Dat. aus, wie durch die wiederholte Praepos., welche mehrfach durch eine ähnliche vertreten wird. Im Allgemeinen steht der Dativ häufiger in übertragener, die Praepos. mehr in eigentlicher, örtlicher Bedeutung, während von Liv. an dies Verhältniss gerade umgekehrt wird. Die Composita mit *ad, con, in,* bei Liv. wohl in Folge des Einflusses der griech. Composita mit σύν ἐν ἐπί meist den Dat. regierend, haben in beiden Bedeutungen lieber die Praep. als den Dat.*)

1. Transitiva: *addo ad* Them. 2, 8. *in* Cat. 2, 3. *adduco**)* Dion 4, 4. Eum. 6, 4. *ad* Con. 3, 1. Ep. 3, 3. 6. Eum. 12, 1. Hann. 2, 4. *in* Iph. 2, 2. Dat. 6, 6. Hann. 2, 2: *in suspicionem regi. adhibeo in* pr. 7. (vgl. Att. 21, 5.) *adiungo* Alc. 9, 5. Eum. 2, 3. Dion. 5, 5. *ad* Alc. 5, 6. *admitto ad* Eum. 1, 5. 12, 3. Timol. 1, 5. *in* Lys. 1, 5. *affero* Dion 10, 1. Pel. 3, 2. Eum. 12, 3. Att. 2, 3. *ad* Paus. 5, 3. Eum. 9, 1. *appello classem ad* Milt. 4, 2. Thras. 4, 4. *me applico ad* Ar. 2, 3. *arcesso ad* Att. 21, 4. *animum attendo ad* Alc. 5, 2., aber *animum adverto* scheint Nep. Dat. 9, 5. wie Cic. u. Caes. für *animadverto* c. acc. verbunden zu haben. s. Krebs, Ant. p. 196. Fischer I p. 7. Das letztere hat *in* Cato 2, 3. — *antefero* Them. 1, 1. Ep. 5, 3. Ag. 4, 6. Timol. 1, 3. *antepono* Ep. 1, 4. 2, 2. Eum. 1, 3. — *committo* „anvertrauen" Lys. 1, 5. Eum. 2, 2. Att. 6, 1. *comparo* „vergleichen" *cum* Them. 5, 3. Iph. 1, 1. *confero arma cum* Eum. 3, 6. 11, 5. *conflictor cum adversa fortuna* (Cic. har. resp. 19, 41. u. 2mal

---

*) In der nun folgenden Reihe von Verben habe ich da, wo die cornelian. Construction mit dem allgemein üblichen Gebrauch der classischen Prosa stimmt, keine Verweisungen auf andere Autoren beigefügt. vgl. die reiche Sammlung hierhergehöriger Composita bei Haacke, Gramm. stil. Lehrb. Berl. 1857. p. 108—122.

**) Wo keine Praepos. angegeben ist, steht der Dativ.

bei Ter.) Pel. 5, 1., der übliche Abl. *simplici fortuna* Timol. 1, 2. *morbo* Dion 2, 4. *coniungo cum* Paus. 2, 3. *consero manum cum* Hann. 4, 2. — *detraho* Tim. 4, 1. Eum. 1, 2., am letzterer St. in der Bedeutung „herabsetzen", in der es Chabr. 3, 3. Timol. 5, 3. (wie Cic. Ac. pr. 2. 5, 15.) mit *de* verbunden ist. — *eripio* Con. 2, 3., aber Alc. 10, 5: *familiaris sui subalare telum eripuit*, wo der Gen. bei dem Objectssubstantiv den Dat. der indirecten Beziehung vertritt. Ebenso Cic. Quint. 11, 39. u. Just. 28, 1. *eximo de* Att. 10, 4. *impello ad* Dat. 5, 4. *implicor in morbum* (Liv. 23, 34.) Cim. 3, 4. Ag. 8, 6., der übliche Abl. Paus. 4, 6. Dion 1, 1. *impono* Timol. 5, 2. so auch intransitiv mit der Ellipse von *fraudem* Eum. 5, 7. *in navis* Dion 4, 2. Zu *in hortis custodem* Cim. 4, 1. vgl. Nipp. gr. A. z. St. u. Dat. 11, 3. *incido in pila* Alc. 4, 5. *induco in* Hann. 5, 3. 9, 3. *ad* Hann. 8, 1. *infero bellum* Milt. 3, 1. Them. 2, 4. Iph. 2, 4. Pel. 2, 4. Reg. 1, 3. *arma* Hann. 2, 1: *Italiae*, aber Ham. 4, 2: *b. inf. in Italiam* und Them. 9, 2: *mala in domum tuam.* (so zuweilen auch bei Cic. u. Liv. z. B. Fam. 15, 2, 1. L. 7, 31. zur Hervorhebung der Richtung) *inicio* Alc. 3, 3. Dion 7, 1. Iph. 3, 1. Eum. 9, 4. Hann. 5, 2., immer mit dem Accus. eines Affects, den man in einem hervorruft: wo bekanntlich der Dat. stehendes Gesetz der Prosa ist. *inscribo in sepulcro* Ep. 8, 2. — *obicio* Ep. 5, 5. Hann. 5, 1. *offero* Pel. 2, 3. *oppono* Them. 7, 5. Tim. 3, 1. Eum. 3, 2. — *praefero* Thras. 1, 1. *praeficio* Milt. 4, 1. Iph. 2, 4. Dat. 2, 3. 5, 6. Ep. 7. 1. Eum. 3, 2. Alc. 5, 4. ist *pari imperio* schwerlich Dat. *praefectus classi* Tim. 2, 1. sonst mit dem Gen. *praeopto* Att. 12, 1. *praepono* Ag. 4, 3. *propono* Att. 20, 2. (anders 21, 2. s. § 18.) *subduco* Alc. 10. 5. *me ab* (was nicht in der klass. Prosa vorzukommen scheint, wohl aber Ov. Met. 7, 781. Cic. Quint. fratr. 2, 6, 5. gebraucht, so *me subtraho.*) Alc. 4, 4. *subicio sub* Pel. 3, 2. *supporto* Att. 11, 2. *substitud in locum alcs.* Alc. 7, 3.

    2. Intransitiva: *accedo* Milt. 4, 5; *civibus animus*, sonst in eigentl. Bdt. c. acc., den, abgesehen von Städtenamen, auch Sall. u. Spätere, nicht Cic. Caes. Liv. haben. (s. Nipp. z. Hann. 8, 1.) Milt. 1, 4. Them. 4, 1. Hann. 8, 1. Milt. 7, 2., wo *propius muros accessit*, in eig. u. uneig. Bdt. mit *ad* Milt. 3, 5. 4, 2. Them. 7, 2. Con. 1, 1. 3, 2. Ep. 3, 1. Eum. 1, 4. 5, 2. Timol. 5, 1. Att. 6, 3., (s. auch Krebs Ant. s. v.) *accidit* u. *appareo* s. § 20. *appropinquo ad* Tim. 3, 3. — *colloquor cum* Them. 9, 4. Paus. 2, 4. Alc. 5, 3. Con. 3, 2. Dion 2, 4. Att. 8, 4., wo ebenso *coeo* constr. *neque cum quoquam de ea re collocuturum neque coiturum*, vgl. auch Con. 2, 2. *concurro cum* Eum. 4, 2. *confligo cum* Them. 3, 2. Eum. 8, 1. Hann. 3, 3. 4, 1. 6, 3. *congredior cum* Eum. 11, 5. Hann. 1, 2. *congruo* Lys. 3, 5. *consentio cum* Phoc. 2, 2. *contendo cum* Ar. 1, 1. Con. 4, 3. Ag. 1, 4. *contingit* s. § 20. *convenit* pr. 2. Ag. 5, 3. Eum. 11, 3. *alicui cum* Ag. 2, 3. *inter* Paus. 4, 2: *quae convenerant inter regem et Pausaniam. in alqm* Alc. 3, 4. Ueber *convenio* s. § 31. — *impendeo* Eum. 10, 3. *incido in* Cim. 3, 1. Dion 2, 4. Eum. 1, 2. *inlacrumo* Alc. 6, 4. nach Nipperdey's, auch von Halm mit Recht in den Text aufgenommener Conj. s. § 17. *innitor in cubitum* Att. 21, 5. *insto hostibus* Ep. 9, 1. und Eum. 2, 2. mit Halm gegen die Ueberlieferung des plautinischen Acc. *hostis* (es) in den besten Hss. zu lesen, scheint mir zu gewagt. vgl. übrigens auch Caes. b. c. 3, 17. *invehor* „schelten" *in* Ep. 6, 1. Timol. 5, 3. — *intercedo inter* Att. 17, 2. 20, 5. vgl. auch 5, 4. (Cic. u. Caes. haben dieselbe Constr.. Liv. *alicui cum*) *interdico* s. § 20. — *obnitor* Chabr. 1, 2. *obsequor* s. § 20. *obsisto* Ag. 4, 5. *obsto* Con. 2, 3. Dion 9, 2. *obtingo* Cato 1, 3. *obtrecto* s. § 20. *occurro* Pel. 1, 1. *obvius sum* Eum. 9, 3. Phoc. 4, 3. *obviam eo, descendo, venio* Milt. 4, 4. Alc. 6, 1. Hann. 4, 4. — *resisto* Alc. 1, 2. Pel. 1, 2. Eum. 3, 1. 5, 2. Hann. 5, 4. *repugno* Alc. 8, 5. — *succedo* „nachfolgen" Dion 10, 2. Cato 2, 2. *in locum alcs* Ep. 7, 3. *succumbo* Them. 5, 3. Eum. 11, 5. *succurro* Dion 9, 6. Att. 11, 4. — Unter den Compositis von *sum* hat bei weitem am häufigsten (27mal) *praesum* „vorstehen, verwalten, befehligen" den Dat. bei sich. *adsum* Pel. 4, 3. Eum. 1, 6: *utrique in consilio*

Dion 1, 3: *in magnis rebus. desum* Cim. 4, 3. Tim. 4. 3. Ep. 10, 2. Eum. 1, 2. Timol. 3, 5. Ham. 3, 2. Att. 11, 1. *insum* Ep. 5, 2. *intersum* Ar. 2, 1. Timol. 4, 1. Att. 13, 7. *obsum* Dat. 7, 3. *prosum* Alc. 4, 6. *supersum* Att. 22, 2. Alc. 8, 1. mit Tmesis: *Atheniensibus nihil erat super.* Alle in übertragener Bedeutung. In derselben vertritt auch öfters, wie Milt. 8, 4. Alc. 1; 4. das Simplex *esse in* das Compos. *inesse* c. dat. (s. den folg. §) — Die Composita des Uebertreffens (vgl. Draegerr p. 17.) regieren den Accus. ausser *antesto* (c. dat. auch bei Cic.) Ar. 1, 2. und *praesto*, bei dem Chabr. 4, 3. Ag. 3, 3. der Dat., aber an den andern Stellen Ep. 6, 1. Reg. 3, 5. Hann. 1, 1. Att. 3, 3. 18, 5. ebenfalls der, von Cic. Caes. u. Tac. nie, von Liv. oft gebrauchte, Acc. steht. Die andern Verba sind *antecedo* Alc. 9, 3. 11. 4. Thras. 4, 3. Ep. 2, 2. Eum. 2, 2. Reg. 2, 1. Hann. 1, 1. *anteeo* Thras. 1, 3. Chabr. 4, 1. *praecurro* Thras. 1, 3. *excello* kommt nur absolut vor, wie denn überhaupt die meisten der in diesem § aufgezählten Composita auch ohne den Ausdruck ihrer indirecten Beziehung durch Dat. oder Praep. gebraucht werden.

§ 23. *Esse* mit dem Dat. der Person, welche etwas hat: Them. 6, 3. 8, 3. Lys. 1, 4. Alc. 10, 2. Dion 8, 5. Dat. 7, 1. Pel. 1, 3. Den Besitz geistiger Eigenschaften bezeichnet Nep. der Regel nach durch den Gen. o. Abl. qualit. (s. § 4.) oder durch *esse in aliquo* Milt. 8, 4: *in Miltiade erat cum summa humanitas, tum mira communitas.* Alc. 1, 4. Thras. 2, 3. Iph. 3, 4. Tim. 3, 2. Att. 1, 3. 2. 4. 4, 1. auch durch *inesse alicui* Ep. 5, 2. Daneben aber wird dasselbe Verhältniss durch Umkehrung der Auffassung so ausgedrückt, dass die Person Subject wird, und *in* gleichsam den geistigen Bereich, innerhalb dessen jene sich bewegt, angiebt: *esse in amicitia* Hann. 2, 4. *in simultate* Att. 17, 1. *in colloquio* Dat. 11, 3. *in periculo* Them. 9, 3. Dion 8, 2. Att. 10, 1. 2. und nach Fleckeisens Remedur (s. § 4.) auch Dion 2, 4. Dat. 5, 3. Ham. 2, 1. Hann. 9, 2. *in discrimine* Dat. 5, 4. *in spe* Alc. 4, 3. *in timore* Milt. 8, 4. *in laude* Iph. 2, 4. Auch *habeo* wird öfters angewandt bei *spem, timorem, societatem* etc. z. B. Cim. 2, 1: *habebat enim satis eloquentiac, summam liberalitatem, magnam prudentiam. Nomen (cogn.) mihi est* fehlt wie bei Caesar.

§ 24. Der doppelte Dat., der Person und des Zwecks oder der Wirkung ist verhältnissmässig häufig. Er steht 1) bei *esse*, mit *auxilio* Milt. 5, 1. Att. 11, 1. *curae* Att. 12, 5. *invidiae* Dion 4, 2. *laetitiae* Tim. 2, 2. *laudi* Ep. 2, 3. *malo* Alc. 7, 3. *opprobio* Con. 3, 4. *ornamento* Dion. 2, 1. *perniciei* Thras. 2, 2. Chabr. 4, 2. *praemio* Paus. 4, 6. Hann. 10, 6. *praesidio* Con. 2, 1. Ag. 7, 2. Att. 10, 5. *saluti* Them. 2, 4. Thras. 2, 2. Ag. 6, 2. *spectaculo* pr. 5. *turpitudini* pr. 5. *usui* (bei Nep. das einzige der bei Caes. u. Liv., ganz besonders häufig aber bei Tac. u. Apul. vorkommenden Verbalia auf *ui.* Draeger p. 21. Fischer I p. 26. Kühnast p. 124.) Con. 2, 4. Eum. 2, 3. Att. 16, 3: *ei rei sunt indicio* ist *ei rei* der zweite Dat. Dieser fehlt bei *indicio* Lys. 3, 5. Timol. 2, 3. und *calamitati esse* Dat. 6, 6. Pel. 3, 1. — 2) Die Verba des Anrechnens mit doppeltem Dat. sind *do, crimini* Ep. 8, 2. (wo *ei* zu ergänzen) *duco, laudi* pr. 4. *tribuo, superbiae* Timol. 4, 2. Alc. 6, 2. variiert diese Redeweise in *culpae suae* (statt *sibi.* s. § 18.) u. 7. 2. steht blos *culpae*, wobei *ei* oder *eius* zu ergänzen ist. — 3) Andere Verba: *adduco, subsidio* Eum. 6, 4. *do, muneri* (nach Lambin's Conj., der Fleckeisen und Halm folgen) Thras. 4, 2. Ag. 8, 6. Hann. 12, 3. *eo, subsidio* Ag. 8, 2., was sonst nur in den Br. des Pompeius hinter ad Att. 8, 12. vorzukommen scheint. *habeo, sibi curae* Att. 20, 4., wozu Nipp. gr. A. z. d. St. Parallelstellen anführt. *mitto, auxilio* Timol. 1, 1. *muneri* Paus. 2, 3. Att. 8, 6. *subsidio* Lys. 3, 4. *proficiscor, auxilio* Tim. 1, 3. *subsidio* Iph. 2, 5. Pel. 5, 2. *praesidio* Ag. 3, 5. *venio, auxilio* Thras. 3, 1. *subsidio* Milt. 5, 4. (ohne Angabe der Person) Chabr. 1, 1. Das oben erwähnte *usu venire* ist, wenn auch dem Ursprung, so doch jedenfalls nicht dem classischen Sprachgefühl nach hierherzurechnen.

§ 25. Den besonders aus Cic. u. Tac. bekannten **Dat.** der interessierten Person beim **Passiv** statt *a* c. abl. habe ich nur Them. 1, 2: *cum minus esset probatus parentibus* (vgl. Timol. 1, 5., wo *hoc — factum non pari modo probatum est ab omnibus*) gefunden. — Beim Gerundiv steht er Them. 8, 6. Paus. 4, 1. Alc. 10, 2. Ep. 5, 4. Eum. 8, 4. 10, 3. Hann. 12, 5.

§ 26. Die **Adjectiva**, deren Begriff sich auf ein im Dat. (der Zusammenordnung oder des Interesses, nur bei *idoneus* des Bestimmungszieles) ihnen beigefügtes, persönliches oder sächliches, Obj. richtet, sind: *utilis* Milt. 3, 5. Them. 7, 6. Ep. 4, 2. *inutilis* Them. 7, 4. *salutaris* Att. 2, 5. — *amicus* Milt. 3, 6. Alc. 5, 1. Dion 3, 2. Eum. 12, 3. Hann. 10, 2. Att. 9, 3. 5. *inimicus* Paus. 3, 3. Alc. 6, 4. Dion 8, 2. Hann. 7, 3. Att. 10, 4. *carus* Tim. 4, 2. Att. 1, 4. 2, 3. 3, 3. 6, 5. 16, 2. *intimus* Dion 1, 3. *infestus* Eum. 10, 3. Hann. 3, 1. *familiaris* Att. 16, 2. *fidelis* Dat. 1, 1. *iratus* Ag. 2, 5. 4, 6. Cato 2, 2. *gratus* Att. 7, 3. *iucundus* Att. 16, 1. — *idoneus* (*castellis*) Milt. 2, 1. *aptus* Att. 16, 1. *opportunus* Them. 4, 5. *aequus* Milt. 5, 4. *alienus* Them. 4, 5. *facilis* Alc. 8, 3. Dion 9, 5. Hann. 10, 3. *proclivis* Tim. 3, 4. *difficilis* Phoc 1, 3. *gravis* Con. 3, 3. 4. *molestus* Att. 7. 8. Ib. 12, 5: *utrum ei* ‹*laboriosius an gloriosius fuerit.* — *communis* Thras. 1, 4. Ep. 3, 4. Att. 3, 1. Chabr. 3, 3. hat Halm den Dat. hergestellt durch Tilgung des unpassenden *in*, das hier ebenso aus dem folgenden *m* entstanden, wie es an den § 4. citierten, von Fleckeisen emendierten Stellen dadurch verloren gegangen ist. *confinis* Dat. 4, 1. *coniunctus* örtl. Dat. 5, 6. moral. Att. 12, 1. *coniuncte* (*issime*) *vivere cum* Att. 5, 3. 10. 3. *propius* Hann. 8, 3. s. § 22, 2. *proximus* Pel. 4, 3. *propinquus* Hann. 5, 1. s. § 9. (vgl. Kühnast's Ausführung über den Gebrauch der 3 letztgen. Wörter, p. 126 f.) *necessarius* Paus. 2, 5. — *par* Them. 1, 1. Alc. 3, 5. Ep. 5, 1. Eum. 1, 1., wo *virtuti* ἀπὸ κοινοῦ auf *par* und *data esset* zu beziehen. 8, 4. Att. 3. 1. — *notus* Pel. 1, 1. *ignotus* Them. 8, 6. *incognitus* Cato 3, 2. — *superstes* Ep. 10, 2. Att. 19, 1. (fehlt bei Caes., c. gen. u. dat. verbinden es Cic. u. Liv.) *obvius* u. *obviam* s. § 22, 2. — *ad* mit sachlichem Acc. oder dem des Gerund. zur Bezeichnung des Bestimmungszieles findet sich statt des Dat. bei *aptus* Alc. 1, 2. Dion 1, 2. und *idoneus* Them. 6, 5. Dat. 11, 4., an welche sich hierin *acutus* Dion 8, 1. (Cic. de or. 1, 25, 113.) *expeditus* Dat. 6, 2. (Cic. Brut. 76, 263. Flacc. 41, 104.) *firmus* Eum. 11, 5. (Cic. Brut. 78. 272. Caes. b. g. 7, 60. Liv.) *segnis* Thras. 2, 2. (Cic. Fin. 1, 10, 34. Liv. 1, 4.) anschliessen. — Ueber die mit dem Gen. verbundenen ist schon § 9. gesprochen.

Accusativ und Nominativ.

§ 27. In der ersten Decl. haben die griechischen Wörter auf *as* nach ciceronian. Gebrauch (Gossrau L. Sprachl. p. 101.) immer *am* im Acc., zwei schon im Nom. die lat. Endung *a: Prusia* Hann. 12, 3. *Barca* Ham. 1, 1., wozu vielleicht auch *Nicia* Alc. 3, 1. kommt. (Neue I 37 f.) Bei denen auf *es*, von welchen im Nominativ die Völkernamen *Epirotes* Reg. 2. 2. und *Perses nemo* 1, 4. zu bemerken sind (N. I 35), findet sich neben dem richtigen *anagnosten* Att. 14. 1. *Menecliden* Ep. 5, 2. *Susamithren* Alc. 10, 3. *Tithrausten* Con. 3, 2. die hs. Variante *em.* (N. I 58 f.) *en* ist auch die Endung des Acc. der Feminina auf *e: musicen* Ep. 1. 2. (neben *musicam* pr. 1. u. *in musicis* Ep. 2, 1.) *poeticen* Att. 18, 5. *Acen* Dat. 5, 1. 5. *Bizanthen* Alc.

7, 4. *Crithoten* Tim. 1, 3. *Cymen* Alc. 7, 1. 2. *Laconicen* Tim. 2, 1. *Mycalen* Cim. 2, 2. *Pactyen* Alc. 7, 4. *Phylen* Thras. 2, 1. *Areten* Dion 1, 1. *Aristomachen* 1, 1. 8, 4. *Elpinicen* Cim. 1, 2. *Sophrosynen* Dion 1, 1., wofür ebenfalls z. Th. das auch in andern Autoren bei Substantiven auf *e* u. *es* nach der 1. Decl. auftretende *em* in den Hss. (N. I 59 f.) Anders aber verhält es sich mit *satrapem**) Con. 2, 1., dem zu dem Gen. *satrapis* Lys. 4, 1. gehörigen Acc., während der Nom. Plur. Ag. 2, 2. *satrapae* lautet. Den Nom. auf *e* haben die Namen *Elpinice* Cim. 1, 4. *Eurydice* Iph. 3, 2. *Hetaerice* Eum. 1, 6. *Poecile* Milt. 6, 3. (N. I 41 ff.), während *Attica, Creta, Dodona, Europa, Sparta* lateinisch decliniert werden. Allein *Messena* Pel. 4, 3. hat Ep. 8, 5. (wie Liv. 27, 33.) im Abl. *Messene.* — Die griech. Nomina (propria) auf *ος* u. *ov* nach der zweiten Decl. endigen sich mit Ausnahme von *Chalcioicos* Paus. 5, 2. *Crateros* Eum. 2, 2. 3, 3. 4, 1. *tenesmon* Att. 21, 2. auf *us* u. *um*; so auch *Cassandrus* Eum. 13, 3. Phoc. 3, 2 u. *Lamprus* Ep. 2, 1. neben *Alexander, Antipater, Lysander.* (N. I 75 ff.) Die Acc. *Cotum* Tim. 1, 2. und *Piraeum* (N. I 338 f.) Alc. 6, 1. 3. Thras. 2, 5. Phoc. 3, 4. sind von dem Nom. auf *us* gebildet (s. § 1. u. 17.), der Acc. *Argos* Them. 8, 1. Reg. 2, 2. von *Argi* (Them. 8, 3.). Ferner ist noch *Oedipum* Ep. 6, 2. und als Nom. *Hilotae* oder *Ilocae* (Liv. 34, 27.), nach der schon herodot. Nebenform *εἱλῶται* Paus. 3, 6. u. *hemerodromoe* Milt. 4, 3. zu bemerken. (N. I 131 f.) Das Pron. *alteruter* hat Att. 2, 2: *alterutram.* — Der Acc. der dritten Decl. auf *im* findet sich von lat. Wörtern nur in dem adverb. *partim.* Die griech. Nomina auf *is* haben, nicht immer in Uebereinstimmung mit dem griech. Brauch, theils *em*: *Chalcidem* Tim. 3, 5. *Propontidem* Alc. 9, 1. *Elidem* Alc. 4, 4., theils *im*: *Amphipolim* Cim. 2, 2. *Lysim* Ep. 2, 2. *Datim* Milt. 4, 1. (M u: *in*) *Aspim* Dat. 4, 1. 5, 1. (N. I 207 ff.) *Nectenebin* steht Chabr. 2, 1. (N. I 321.), *Thuys* hat Dat. 2 und 3: *ym, yn, ynem.* (N. I 322 f.), *Salamis* Them. 2, 8. 3, 4. 5, 3. 9, 3. Ar. 2, 1. in *u*: *Salamina*, in den Hss. *Salaminam.* (N. I 334 o.) Damit verbunden ist Them. 2, 8: *Troesena.* Andere Acc. auf *a* sind *Marathona* Milt. 4, 2. *Myunta* Them. 10, 3. *Strymona* Cim. 2, 2. *Timoleonta* Tim. 5, 3. *Menesthea* Iph. 3, 4. (N. I 310 ff.) Die Namen auf *es* haben, wie bei Cic., meist *em*, doch heisst es, nach liv. Gebrauch (Kühnast p. 29 f.), immer *Datamen*, Dat. 5, 6: *Mandroclen*, Them. 8, 7. 9, 1: *Themistoclen* in A P, Ar. 1, 4: *Aristiden* in A; Dat. 1, 1. u. Ag. 2, 1. in A P, Them 9, 1 in A allein: *Artaxerxen*, aber in allen Hss. *Artaxerxem* Dat. 8, 6. *Iphicraten* scheint Iph. 2, 4. in allen Hss. überliefert zu sein, sonst *em* 3, 2. Tim. 3, 4. (N. I 319 f.) Der Acc. *astu* steht Them. 4, 1. Alc. 6, 4. — Im Acc. Plur. haben die griech. Endung *Athamanas* u. *Chaonas* Tim. 2, 1. *Cardacas* Dat. 8, 2. *Thracas* Alc. 11, 4. (N. I 326 ff.) Die latein. I-Stämme bilden ihn meist auf *es*, doch finden sich gut bezeugt *adolescentis* Ag. 6, 3. *Aegatis* Ham. 1, 3. *Aprilis* Att. 22, 3. *Atheniensis* Lys. 1, 1. Con. 1, 3. *auris* Pel. 3, 1. *civis* Thras. 1, 5. Tim. 1, 3. Ep. 5, 3. 6, 2. *civitatis* Milt. 8, 4., woraus man vielleicht auf *civitatium* 6, 1. zu schliessen hat. (Halm z. St.) *classis* Ar. 3, 1. Ag. 2, 1. *finis* Ham. 2, 5. *gentis* Them. 6, 3. (wobei *omnes*, während an mehren anderen St. *omnes gentes*) *hostis* Dat. 6, 8. Ag. 3, 1. 4, 6. 6. 2. Eum. 4, 2. Ham. 1, 5. 2, 4. *ignis* Eum. 9, 3. 5. *navis* Alc. 8, 1. Con. 4, 2. Dion 4, 2. *partis* Tim. 4, 1. Eum. 2, 3. *Sardis* Milt. 4, 1. Ag. 3, 5. *utris* Eum. 8, 7., ferner *frequentis* Phoc. 1, 2. *incolumis* Eum. 5, 7. *omnis* öfter, *pedestris* Ag. 2, 1. *qualis* Ep. 6, 2. *trimenstris* Ag. 2, 3. *concurrentis* Dat. 9, 5. *dissidentis* Dion 8, 2. *fugientis* Dat. 6, 7. *natantis* Chabr. 4, 3. *peccantis* Ag. 5, 3. *repugnantis* Ep. 9, 2. *resistentis* Dat. 6, 7. (N. I 250 ff. II 23 ff.) — Die

---

*) Dieser einstimmig überlieferte Acc., welchen die Grammatiken von Zumpt bis Gossrau verwerfen, wird meiner Ansicht nach durch den von denselben Gramm. anerkannten Gen. auf *is* und den spätlat. Nom. *satraps* gehalten.

Stämme griechischer Namen auf *ont* verlieren im Nom. S. blos das *t: Diomedon, Timoleon*, während die auf *on* theils diese Endung behalten: *Cimon, Cleon, Conon, Damon, Dinon, Dion, Jason, Mnemon, Phocion*, theils des *n* abwerfen: *Hephaestio, Laco, Lyco, Plato*. (N. I. 148 ff. 155 ff.)

§ 28. Bei weitem die meisten Verba richten als **transitive** ihre Thätigkeit direct auf einen Gegenstand, der in den Acc. gesetzt wird. Mit diesem werden bei Nep. mehr als 600 verschiedene Verba — etwa zum Drittel Simplicia — verbunden. Abweichend vom Deutschen steht der Acc. bei *fugio* Att. 15, 3. *ex patria* Att. 4, 4. *ad salutem* Dion 9, 2. (wo Halm *aufugeret* conj.) *effugio* Them. 8, 1. Alc. 1, 6. Chabr. 3, 2. Eum. 7, 1. Hann. 6, 4. Att. 7, 3. *ex* Paus. 2, 2. Eum. 2, 5. *confugio, transfugio* (die auch sonst nicht den Acc. regieren), *profugio, refugio* sind Intransitiva und werden mit *ad, in, ex* etc. verbunden. *iuvo* Ag. 7, 1. Att. 2, 2. *adiuvo*, das einzige dieser Verba, welches im Pass. vorkommt, Milt. 2, 2. 7, 1. Chabr. 2, 1. 3. Eum. 10, 3. Phoc. 2, 3. Timol. 2, 2. 4. Att. 9, 3. *aequipero* (fehlt bei Cic. u. Caes., der auch *aemulor* und *adulor* nicht hat; von Liv. wird es auch mit dem Dat. verbunden). Them. 6, 1. Alc. 11. 3. *sequor* pr. 3. Milt. 3, 6. Them. 2, 5. Paus. 5, 2. Cim. 4, 2. Alc. 10, 5. Dat. 6, 3. Ep. 6, 1. Pel. 2, 1. Ag. 4, 2. Cato 1, 2. Att. 6, 4. 7, 2. *consequor* Milt. 2, 3. 8, 3. Them. 6. 3. Lys. 1, 2. Alc. 2, 1. Dion 6, 1. 4. Dat. 5, 2. Ep. 5, 5. Ag. 1, 4. 2, 5. Hann. 10, 4. 11, 4. Att. 9, 2. 19, 2. 3. 21, 1. *insequor* Att. 9, 2. *persequor* Milt. 7, 1. Alc. 10, 1. Con. 4, 1. Dat. 2, 1. 3. 6, 5. 7. Pel. 5, 2. Ham. 1, 4; pr. 8. Cato 3, 4. 5. Att. 11, 3. 19, 1. *prosequor* Alc. 6, 3. Att. 4, 5. *consector* Them. 2, 3. 4, 4. *imitor* Alc. 11, 5. Dion 3, 1. *aemulor* Ep. 5, 6. *deficio* heisst nur „abfallen" und regiert *a*. Ueber *obsequor* u. *adulor* s. Dat. — Von den Impersonalien fehlt allein bei *decet* Att. 6, 4. das Subj.; dagegen haben *fugere* Dion 2, 1 *(neque vero haec Dionysium fugiebant): haec, fallit* Dion 5, 6. Alc. 8, 6: *res* Ag. 3, 5: *opinio* als Regens.

§ 29. Sehr häufig werden **transitive** Verba **absolut** gebraucht, indem sie ihre eigene Thätigkeit zum inneren Object machen, dies aber nicht besonders ausdrücken, sondern gleichsam in sich selbst aufnehmen. Die Möglichkeit dieses Gebrauchs liegt in jedem Verbum, sei es dass sein äusseres Object im Acc. oder in einem andern Casus stehe, daher die zahlreichen (weit über 100) Beispiele bei Nep. u. a. (s. Kühnast p. 148 ff. Naegelsbach, Stilist. § 116. 1. Haacke p. 58 f. u. p. 60—75.) Eum. 13, 4: *comitante toto exercitu.* Att. 8, 1: *secutum est illud tempus.* Thras. 2, 2: *tempore ad comparandum dato* etc. Oft vertreten adverbiale Ausdrücke das Object, wie in *sicut significavimus* Att. 19, 1. *neglegenter aut malitiose fecisse* Alc. 7, 2. oft ergiebt sich das Fehlen desselben aus der zu grösserer Selbständigkeit neigenden nominalen Verbalform, wie in dem *ad comparandum, irridentes* „höhnisch" Milt. 1, 5. Ich zähle hier nur diejenigen Transitiva auf, welche in einer ganz besondern, aus der eigentlichen modifizierten, z. Th. reflexiven oder passiven Bedeutung bei Nep. als Intransitiva vorkommen: *male audio* Dion 7, 3. *confero ad* Ep. 7, 5. *confligo* Milt. 5, 4. u. oft. *contendo* „kämpfen" u. „eilen" mehrmals. *decerno* „kämpfen" Milt. 4, 4. etc. *deverto* (welche Conj. Lambin's für *devenerunt* Nipp. Spic. p. 53. begründet) Pel. 2, 5. u. *diverto* Lys. 2, 2. *differo* Ag. 7, 4. *erumpo* Att. 21, 3. u. *prorumpo* ib. *facio cum.* Ag. 2, 5. *adversus* Eum. 8, 2. *fero* im Partic. Praes. „losstürzen" (vgl. φέρων-φερόμενος Nipp, gr. A. z. St.) Dat. 4, 5. *si ita tulisset fortuna* Eum. 6, 5. *proficio* Dion 5, 2. Eum. 10. 1. *tendo* Milt. 1, 6. *verto* Ag. 4, 4. — Die weitere Beziehung wird bei solchen Verben oft durch *de* ausgedrückt, wie bei *dico, scribo* öfters, *conicio* Them. 1. 4. *constituo* Eum. 12, 1. *decerno* Timol. 3, 5. *male existimo* Dion 7, 3. *exprobro* Ep. 5, 5. *iudico* Them. 1, 4. *peroro* Ep. 6. 3. *memoriae prodo* Alc. 1, 1. vgl. Hann. 8, 2. *quaero* Pel. 3, 1. *spero* Milt. 1, 1. u. *despero* Milt. 4, 5. Eum. 9, 2. (neben *desperatis rebus* Dat. 6, 3. Hann. 8, 2. Att. 8, 5.) Aber nicht selten wird nach einer besonders aus Caes. (Fischer I p. 1.) bekannten Construction auch das nähere, äussere Object statt in dem Acc. mit *de* beigefügt. Dies geschieht bei folgenden Verben einer geistigen Thätigkeit: *audio* Eum. 9, 5. *commemoro* Dion 6, 2. *comperio* Paus. 5, 3. Dat. 9, 2: *de quibus quod inimici detulerant, neque credendum neque neglegendum putarit* kann *de quibus*, verglichen mit Dat. 7. 1: *de defectione patris detulit,* ebensowohl zu *det.* als zu *cred. neque negl.* oder auch *ἀπὸ κοινοῦ* zu beiden gezogen werden. *delibero* Eum. 7, 3. *detraho,* s. § 22. *divino* Ag. 6, 1. *expono* pr. 8. Pel. 1, 1. (vgl. Att. 18, 1. — 18, 5. wird mit Fleckeisen u. Halm *de viris* zu lesen sein.) *exploro* Hann. 2, 2. *palam fit* Dion 10, 2. *perfero* Lys. 4, 1. (vgl. Ag. 8, 3.) *praenuntio* Eum. 9, 4. *rescisco* Eum. 8, 6. *tracto* 5, 7. Zu diesem äussern Obj. mit *de* tritt manchmal das innere in Gestalt eines neutralen Pronomens oder Adjectivs im Acc., wie bei *commemoro* (*multa de*) Hann. 2, 3. (*plura*) Att. 17, 1. *persequor* (*plura de*) Cato 3, 5. (vgl. 3, 4.) *polliceor* (*quae de*) Them. 10, 4. *praedico* (*ea de*) Alc. 11, 2., sonst mit dem Acc. der Person. *reputo* (*multa de*) Alc. 4, 4. — Ueber die nicht weniger häufige, aber ganz andersartige Ellipse des näheren (z. B. bei *mitto* Milt. 2, 3.) oder entfernteren (*affero* Ag. 8, 1. etc.) Obj. wird später gesprochen werden.

§ 30. **Intransitive Verba**, die den Acc. regieren sind bei Nep. 1) *pugno: hac pugna pugnata* (Cic. Mur. 16, 34. Sall. Jug. 54. u. Liv. mehrmals, nicht bei Caes.) Hann. 5, 1. Das plautin. u. terent. *inficias eo*, welches bei Cic. u. Caes. fehlt, hat nach der seit Liv. üblichen Verbindung mit Negationen Ep. 10, 4. als Subj. *nemo.* 2) die des Affects: *dubito, quod* Hann. 1, 1. *addubito, illud* Con. 5, 4. *glorior, hoc ipsum* Att. 17, 1. *indignor, id factum* Dion 4, 2. *miror, id* Con. 3, 1: *causam* Hann. 11, 3. *admiror* Them. 10, 1. etc. — 3) eine Reihe von Verben, bei denen ein neutrales Pronomen oder Adjectiv in mehr oder weniger adverbialer Weise steht: *cogito* Con. 3, 3. Dat. 6, 8. Ag. 6, 3. Hann. 2, 6: *si quid amice de Romanis cogitabis. colloquor* Them. 9, 4: *rebus, quas tecum colloqui volo. credo.* Con. 5, 4. Att. 18, 6. *indulgeo* Reg. 1, 4. Att. 9, 3. s. § 20. *invehor* (*multa, nonnulla in alqm*) Ep. 6, 1. Timol. 5, 3. *invideo* Thras. 4, 2. s. § 20. *loquor* Paus. 4, 4. *persuadeo* Them. 5, 1. s. § 20. *provideo* Hann. 9, 2. *sentio* Pel. 2, 2. Ag. 2, 5. Eum. 13, 3. Hann. 2, 2. *taceo* Dion 2, 5. *utor* Att. 8, 4: *si quid de suis facultatibus uti voluisset.* Aber Dion 1, 3: *salvum — studebat* ist der Acc. wohl zu erklären als das Aeusserste, was die cornelianische Eigenthümlichkeit, das Hülfsverb und das Subj. des Acc. c. inf. wegzulassen, erreichen konnte. — 4) lassen sich den genannten 3 Klassen anreihen die Hülfsverba *volo* Ep. 4, 2: *ea,* Att. 10, 5: *nullam seiunctam sibi ab eo velle fortunam. nolo* Thras. 4, 2: *amplius quam centum iugera. possum* Lys. 3, 2: *id.* Thras. 3, 2: *plurimum.* Dion 3, 3: *tantum.* Eum. 4, 4: *id.* Pel. 1, 1. u. Att. 9, 3: *quantum;* in derselben Bedeutung wird bekanntlich auch *valeo* gebraucht. Dion 3, 3. Iph. 1, 2. etc. s. § 36.

§ 31. Durch **Zusammensetzung** mit den Praepp. *ad, ante, circum con, ex, in, ob, prae, praeter, sub, trans* werden einige Verba der Bewegung und der Ruhe im Raum, sowie vereinzelte andere, theils in eigentlicher, theils in übertragener Bedeutung, zu Transitiven. Einige derselben lassen sogar die passive Construction, freilich z. Th. nur im Gerundivum, zu. Der transitive Gebrauch überwiegt bei weitem die Wiederholung der Praeposition, welches Verhältniss sich bei den übrigen Prosaikern mehr oder minder ändert. s. Kühnast p. 144. f. Es sind folgende: *adeo* übertr. c. acc. *periculum* Tim. 4, 3. *labores, pericula* Timol. 5, 2. eigentl. mit *ad* Them. 7, 1. 4. Dion 8, 1. Hann. 2, 3. *adiaceo, mare* Tim. 2, 1. (der Acc. auch bei Liv. 7, 12., fraglich bei Caes. b. g. 6, 33.) *adorior* Lys. 3, 2. Con. 4, 4. Dat. 6, 6. Ag. 4, 1. Eum. 9, 6. Hann. 11, 4. *aggredior* Them. 4. 4. Alc. 4, 2. Dat. 4, 1. 9, 5. *ascendo, gradum* Phoc. 2, 3. *navem* Hann. 7, 6., so auch das gewöhnliche *conscendo navem* Dat. 4, 3., während Alc. 4, 3: *asc. in triremem.*

Them. 8, 6: *escendere in navem.* s. Nipp. gr. A. z. St. *circumeo* Them. 3, 2. 9, 3. Dat. 6, 2. (pass.) 7, 3. (p.) Eum. 5, 3. Hann. 12, 4. *circumsedeo* Eum. 5, 4. (p.) *circumvehor, Peloponnesum* (Bell. Alex. 14. öfter bei Liv.) Tim. 2, 1. *circumvenio* Hann. 4, 3. (p.) *concedo* (*cedo* gebraucht Nep. nicht so) Them. 10, 5. (p.) Dion 6, 3. Tim. 2, 2. Att. 7, 3. *coeo, societatem* Con. 2, 2. *convenio alqm* Alc. 9, 5. (p. ger.) Dion 8, 3. 9, 3. (p. g.) Ep. 4, 1. (Dat. 5, 1.) *expugno* oft. (a. u. p.) *illudo* Hann. 10, 1. (p.) *impugno* Ep. 10, 3. *ineo, consilium* Lys. 3, 1. Att. 22, 3. *gratiam* Alc. 9, 5. *rationem* Hann. 10, 3. *introeo, Syracusas* (vgl. Cic. Phil. 2, 28, 68: *domum*) Dion 5, 3., aber Alc. 7, 4. die gewöhnliche Construction *in Threciam.* (*intro* nur c. acc., was auch bei Andern das Uebliche ist: *limen* Dion 9, 4. *portum* Chabr. 4, 2. *castra* Dat. 2, 1. *domum* Ag. 7, 4.) *invado* (in nachcic. Gebrauch) Dion 9, 4. Dat. 6, 7. *irrideo* Hann. 11, 3. (p. g.) *obeo, diem* Dion 10, 3. *d. supremum* Milt. 7, 6. Alc. 10, 6. Dion 2, 5. Timol. 5, 4. Reg. 1, 2. *legationes* Dion 1, 4. *obruo* Paus. 1, 1. (p.) Dion 4, 4. (p.) Dat. 11, 2. *oppugno* u. *obsideo* oft. (a. u. p.) *praetereo* Paus. 4, 3. (p. g.) Lys. 4, 1. (p. g.) Reg. 3, 5. nur übertr. *subeo poenam* Ep. 8, 2. *transeo* Alc. 10, 5. Dat. 4, 4. Eum. 3, 3. Ham. 4, 1. Hann. 3, 3. 4. 4, 2. immer in eigentl. Bed. Diesen lässt sich noch *peragro, Asiam* Eum. 8, 2. beifügen. In der Bedeutung von *praevenio*, das nicht vorkommt, gebraucht Nep. Dion 4, 1: *praeoccupo. Egredior* folgt nicht der Constr. mit dem Acc. bei Caes. Sall. Liv. u. Spätern, sondern regiert Alc. 6, 3: *e navi,* Hann. 5, 3: *extra vallum.* Ueber *accedo, insto* und die Verba des Uebertreffens s. § 22.

§ 32. Zur Vervollständigung ihres Begriffes nehmen in einer verhältnissmässig sehr grossen Anzahl von Fällen ausser dem Acc. des Objects den eines Praedicatsnomens zu sich die Verba: 1) *facio* Alc. 4, 3. Ham. 2, 3. Att. 3, 1. 5, 2. *fio* Them. 2, 1. Paus. 2, 6. Alc. 5, 4. Tim. 3, 2. Phoc. 3, 2. Hann 3, 2. 7, 4. Cat. 1, 3. 2, 3; mit adject. Praed. im Activ, wie es abgesehen von *certiorem* Them. 5, 1. 9, 3. Alc. 10, 1. Dat. 11, 1. Att. 12, 3. (pass.) 20, 4. auch Cic. Caes. Liv. u. a. gebrauchen: *peritissimos* Them. 2, 3. *segnes-robustiores* Thras. 2, 2. *meliora* Iph. 1, 2. *longiores* 1, 4. *missum fieri* Eum. 11, 3. Dafür steht *reddo* mit einem Adj. im Activ Them. 2, 1. 3. Alc. 3, 4. Iph. 1, 4. Ag. 2, 5. Eum. 9, 3. Att. 19, 4.; nur Hann. 2, 1. mit dem Subst. *hostem.* vgl. Cic. Att. 5, 20, 1. Ov. Met. 8, 253. etc. *sufficio* Hann. 3. 1. *creo* Thras. 3, 1. *deligo* Ar. 2, 3. Lys. 3, 5. Alc. 3, 1. Timol. 1, 3. *gigno* (Cic. Tusc. 2, 4, 11.) Iph. 3. 4. — 2) *appello* pr. 7. Milt. 8, 3. Ar. 1, 2. 4. Iph. 1, 4. 2, 4. Ag. 5, 1. Eum. 1, 6. 5, 3. 13, 2. Phoc. 1, 1. Timol. 5, 4. Hann. 3, 4. Att. 2, 6. 9, 1. überall pass., nur Thras. 3, 2. (s. § 2 fin.) Dat. 8, 2. Cato 3, 3. act. *compello* (Liv. 22, 12.) Timol. 1, 5. *cito* (Cic.Off. 1, 22, 75. Liv. 38, 47. etc.) pr. 5. *dico* Milt. 8, 3. Att. 9, 1. *praedico* 16, 4. *fero* Att. 1, 3: *nobilis inter aequales ferebatur* (vgl. *se ferre aliquem* bei Liv. etc.) *nomino* Milt. 2, 5. Pel. 1, 2. *praedico* Dion 10, 2. *significo* Them. 2, 7. Ag. 8, 2. *voco* Milt. 4, 3. 6, 3. Paus. 3. 6. 5, 2. Ag. 8, 6. (s. § 2 fin.) und in den beiden Interpolationen Cim. 3, 1. u. Con. 3, 3. *vocito* Alc. 3, 2. Dion 10, 2. — 3) *habeo* „als etwas haben" Them. 4, 3, 9, 4. Alc. 2. 1. Dat. 1. 1. 5. 4. 6, 2. Ep. 2, 2. 5, 2. Ag. 8, 1. Timol. 5, 1. Cato 1, 1. Att. 3, 2. 3. 5, 1. 8, 2. 17, 1. 21, 5. act., pass. nur Eum. 1, 6 und wahrscheinlich auch hierher gehörig Alc. 11, 6: *habercturque carissimus,* womit von den 2 activen Stellen Att. 15, 2: *qua nihil habebat carius* offenbar nicht, wohl aber 10, 5. *quem carissimum habebat* zu verbinden ist. Eum. 1, 5: *scribae loco* statt des Acc. An drei Stellen Eum. 11, 2. Att. 17, 3. 18, 1. sind die Partt. *positam, percepta, cognitam* so mit *habere* verbunden, dass der ganze Ausdruck den auf die Thätigkeit des *ponere, perc., cogn.* folgenden Zustand bezeichnet; „für etwas halten", meist pass. pr. 4. Milt. 8, 3. Con. 2, 2. Eum. 3. 4. Att. 13, 1.; aber auch act. Alc. 2, 3: *maiora potiora h.* (Caes. b. c. 1, 8. Liv. 23. 3, 4.) Ag. 4, 7: *templa sancta h.* (Caes. b. g. 6, 23.) u. das erw. Att. 15, 2., sowie Ep. 4, 5: *id satis habuit.* s. Süpfle p. 73.

Kühnast p. 154. Ag. 4, 8: *sacrilegorum numero* (vgl. Caes. b. g. 6, 13: *n. impiorum ac scele-*
ratorum), wovon der Bedeutung nach verschieden Thras. 4, 2: *in septem sapientum numero*
(das in den Hss. fehlende *in* hat Nipp. hergestellt.) dafür Chabr. 1, 1. blos *in summis ducibus.*
duco Ep. 1, 2. Ag. 3, 6. Timol. 2. 2. Ar. 1, 3. *existimo* Alc. 3, 4. Ep. 4, 3. Eum. 1, 5. Phoc.
2, 2. Att. 10, 6. *iudico* pr. 1. Milt. 1, 1. Con. 4, 1. Hann. 7, 7. Att. 2, 2. 9, 2. *puto* pr. 2. 6.
Milt. 3. 5. Them. 1, 1. Dion 7, 1. Ep. 10, 3. Ag. 3, 1. Timol. 1, 2. Reg. 2, 2. *arbitror* Alc.
9, 1. Tim. 4, 3. Pel. 5, 1. Att. 14, 1. *reor* Att. 2, 2. Nep. eigenthümlich ist der doppelte Acc.
(Nom.) bei *pono* pr. 5. Alc. 3, 5. 11, 6. Hann. 2, 6. auch Milt. 6, 3. während Ep. 1, 2. *in vitiis*
auch bei Anderen Parallelen hat. — 4) *experior* Them. 9, 4. *invenio* Dion 8, 2. *reperio* Alc.
1, 4. Dat. 1, 1. *cognosco* Milt. 1, 1. Paus. 2, 3. Eum. 8, 3. (s. § 2 fin.) Ham. 2, 1. Att. 9, 5.
Auch *video, conspicio* und *audio*, meist mit dem Praedicatsacc. eines Particips, dürfen hierher
gezogen werden: Paus. 4, 5. Cim. 4, 2. 3. Eum. 3, 1. Timol. 3, 1. — Hann. 11, 6. — Timol. 4, 1.
Att. 17, 1. — 5) *me praebeo* Ag. 6, 1. *me ostendo* (Cic. Quint. fr. 1, 2, 16: *se optime o.*) Alc.
6, 4. *me simulo**) Dion 8, 2., während *me gero* u. *me habeo* nach classischem Gebrauch stets
ein Adverb bei sich haben. Paus. 2, 2. Cim. 2, 5. 4, 4. Eum 6, 3. Att. 3, 1. 14, 2: Alc. 2, 4.
Ham. 2, 1. — 6) *do* Cim. 1, 3. Con. 4, 2. Chabr. 2, 2., vielleicht auch Alc. 3, 1. 7, 1. *duco,*
uxorem Them. 1, 2. Cim. 1, 2. *mitto* Cim. 3, 4. Ham. 3, 1. *teneo* Thras. 1, 5. *obtineo* Cato 1, 4.
retineo Them. 7, 2. *relinquo* Milt. 3, 1. Alc. 8, 6. Ep. 2, 2. 10, 2. Ag. 6, 3. *offendo* Ag. 2, 2.
adiungo Alc. 9, 5. Tim. 2, 1. *concilio* Ag. 2, 5. *impetro* Ag. 2, 3. *nanciscor* Ag. 8, 1. Cato 2, 1.
peto Iph. 2, 4. *sumo* Milt. 1, 3. *expensum fero* Att. 13, 6. — An einen späteren Ort gehören
curo, trado c. gerund., sowie *habeo, puto, duco, existimo, reor, censeo, arbitror, relinquo* etc. mit
einem Objectsatz und *satis, nefas, scriptum* etc. als Praedicat. Hier aber sind zunächst einige
Stellen anzuführen, an denen der Acc. des Praed. vertreten wird durch den Gen. Abl. oder, wie z. Th.
schon oben erwähnt, einen adverbialen Ausdruck Dion 5, 2: *quod multorum annorum tyrannis*
magnarum opum putabatur, und die § 4. erw. St. Dat. 2, 1: *pari virtute* u. Hann. 7, 5: *pari*
diligentia se praebuit. Att. 10, 1: *magno in periculo Atticum putarat.* Wie das hier scheinbar ausgelassene *esse* (s. § 30 fin.) bei Nep. sehr oft im Acc. c. inf. fehlt, so liegt es nahe an
manchen (z. B. Dion 8, 2. und bei *arbitror*, wenn man Alc. 9, 1. mit 9, 3. vergleicht,) der obigen
Stellen solche verkürzte Acc. c. inf. anzunehmen. Auch das Object ist manchmal, wie Dion 10, 2.
Att. 3, 1. ausgelassen, worüber später. Zu No. 6. könnte man geneigt sein, noch einige andere
Verba hinzuzurechnen, es sind jedoch alle diejenigen weggelassen, bei denen ein Praedicatsacc.
oder auch Nom. — was schon bei manchen der obigen nahe liegt anzunehmen — weniger das
Verbum selbst als das Obj. oder Subj. vervollständigt. Am schärfsten zeigt sich dieser Unterschied, wenn man Att. 10, 3: *quem puerum in ludo cognorat* mit den bei *cognosco* erw. St. vergleicht. — Bei der passiven Construction stehen Subj. und Praed. nur im Nomin. oder im Acc.
des Acc. c. inf., an 2 Stellen Con. 4, 2: *dato adiutore Pharnabazo* Hann. 3, 1: *Hasdrubale*
imperatore suffecto im Abl. des Abl. abs., was auch bei Cic. Caes. Liv. u. a. einigemale vorkommt. Ausser den Passivis haben aber folgende Verba den doppelten Nom. bei sich: *sum,*
fio (das medialo), *nascor* Ep. 6, 3. *videor* „scheine" und dem act. *dimitto* Hann. 3, 3. 4, 1. entsprechend *discedo, superior* Dat. 8, 4. Eum. 10, 2. Ham. 1, 2. Hann. 1, 2. *liberatus* Phoc. 2. 3.,
aber Dat. 11, 3. nach der bessern Ueberl. *diverse.* s. Nipp. gr. A. z. d. St.

    § 33. Der doppelte Objectsacc. der Person und der Sache steht bei *doceo* pr. 1:

---

*) Es ist also irrthümlich, wenn Krebs, Antib. 1866. p. 898. *se simulare* mit dem blossen Acc. eines
Nomen statt mit dem Acc. c. inf. für falsch u. neulat. erklärt wird.

quis musicam docuerit Epaminondam. Aber Chabr. 1, 2. (activ.) nur der Acc., Ep. 2, 1. (pass.) der Nom. der Pers., während die Sache beidemale im Inf.; Att. 19, 1. steht bloss der persönliche Acc. In der Bedeutung „darthun, nachweisen" regiert es Dat. 5, 3. u. Ag. 2, 1. den Acc. c. inf., in der des Mittheilens Milt. 6, 1. einen indirecten Fragesatz, in derselben steht es Pel. 4, 1. in der allgemein üblichen Wendung *sicut supra docuimus* absolut. Von *celo* giebt es im Act. kein Beispiel mit dem doppelten Acc., da das einzige, in den Hss. überlieferte, Eum. 8, 7., nach Nipperdey's zu billigender Conj. jetzt *iter quo habeat, omnis celat* lautet. Sonst hat es blos den persönl. (Hann. 2, 6.) oder den sachl. (Ep. 3, 2.) Acc. oder endlich, wie Eum. 8, 7., einen indir. Fragesatz Dat. 5, 6. 6, 1. Im Pass. ist es Att. 12, 2: *non est enim celandum* absolut, Con. 5, 3. mit *id* als Subj. gebraucht. Dasselbe *id* ist auch nach den Hss. in dem vielberufenen Unicum Alc. 5, 2. neben *Alcibiadi* Subj., aber M. Gesner folgend liest man jetzt allgemein das einzig Richtige: *id Alcibiades diutius celari non potuit.* s. Nipp. quaest. Caes. p. 189. — Bei den Verben des Bittens, Forderns und Fragens kommt der doppelte Acc. nicht vor. *oro* und *rogo* haben den Acc. der Person, wozu meist ein Satz mit *ut* oder *ne* tritt: Thras. 4, 2. Timol. 5, 2. Att. 4, 2. 22, 2.; Them. 9, 4. Ep. 4, 4. Att. 15, 1.; die pass. Constr. *quicquid rogabatur, promittebat. precor alqd ab alqo* Timol. 5, 3: *hoc a deis (se) semper precatum,* ebenso *peto* Milt. 4, 3. Iph. 2, 4. Ep. 7, 2. 8, 2, Ag. 2, 3. Eum. 4, 3. Timol. 2, 1. Ham. 2, 3. Att. 10, 5. (an einer verdächtigen St.); *ab alqo, ut* oder *ne* Lys. 4, 1. Alc. 10, 1. Dion 2, 4. Phoc. 3, 2. Att. 21, 6; Eum. 6, 3. Hann. 2, 4. 12, 2.; ohne Angabe der Pers. *ut (ne)* Ep. 6, 1. Hann. 7, 2; Paus. 2, 5. Sehr oft steht auch der blosse Acc. der Sache in der Bedeutung „bitten" und „erstreben" Alc. 5, 5. etc. — *posco* nur absolut Alc. 1, 3: *cum tempus posceret.* Bei *postulo* fehlt immer die Angabe der Person, von der man fordert, das Geforderte steht Timol. 2, 1. Hann. 2, 4. im Acc., sonst (Milt. 2, 4. Alc. 7, 1. Ep. 6, 1. Phoc. 2, 4.) als Objectsatz mit *ut,* das Milt. 1, 4. Alc. 4, 1. wegfällt, oder im Acc. c. inf. Eum. 8, 3. Hann. 12, 3. — *interrogo* nur Iph. 3, 4: *is cum interrogaretur, utrum ..; quaero* „fragen" hat einen indir. Frages. neben Angabe der Pers. mit *ab* Ar. 1, 3. Dion 2, 4. Ep. 4, 5. Ag. 4, 6. (pass.) Hann. 2, 4., ohne dieselbe Dat. 4, 4. Eum. 11, 1. 12. 2., auch 9, 1. „suchen, nach einem fragen" c. acc. Them. 3, 2. Ag. 8, 3. absolut Ep. 3, 6: *qui quaerebat,* sc. *pecuniam.* Pel. 3, 1: *q. de* „Untersuchung anstellen über" s. § 29. *requiro* Att. 20, 2: *aliquid de antiquitate ab eo.* (Cic. Fam. 1, 9, 19.) — Zu dem einzigen Beispiel von *doceo* mit dem dopp. Acc. gesellen sich nur Ag. 4. 4: *Hellespontum copias traiecit* (so auch Caes. Liv. u. a., nicht Cic.) und Dat. 9, 5: *concurrentis insidiatores animum advertit.* s. § 22, 1. An den wenigen anderen Stellen, wo sich *traicio, traduco, transporto* finden, ist der Ort, über den die Bewegung hingeht, nicht angegeben: Milt. 3, 1. Att. 2, 3; Milt. 3, 1. Hann. 3, 4; Milt. 3, 4. *hortor* Dat. 8, 6. (*pacem amicitiamque*), *moneo* Alc. 8, 5. (*illud*), *cogo* (Cic. Rep. 1, 2, 3. Liv. öfters) Att. 22, 2. (*id, quod natura cogeret,* während Att. 13, 2. wie Con. 3, 4: *quae huic volebat* ect. besser durch Ellipse des vorhergehenden Verbs im Inf. zu erklären ist.) lassen die Person aus.

§ 34. Die **Ausdehnung in Raum und Zeit** wird durch den Acc. bezeichnet, jene jedoch nur bei *abesse* Hann. 6, 3: *circiter milia passuum trecenta,* wofür Milt. 4, 2: *est ab oppido circiter milia p. decem.* Zur allgemeinen Angabe der Entfernung dient *tantum* Chabr. 3, 4. Ag. 5, 2. Timol. 1, 3. Att. 12, 2. und *longe* Alc. 8, 1. Dat. 4, 3. Ag. 4, 5. — Die Zeitdauer drücken bei verschiedenen Verben aus die Accusative: *annos* mit einem Attribut Milt. 8, 3. Eum. 1, 6. (2mal) 12, 1. 13, 1. Timol. 1, 1. 2, 4. Cato 2, 4. Att. 4, 3. 12, 3. *diem noctemque* Them. 8, 7. *dies noctesque* Dat. 4, 4. *diem unum* Eum. 9, 6. *aliquot dies* Hann. 5, 1. *biduum* Att. 22, 3. *iam tertium diem* Eum. 11, 3. *non amplius quam triduum* 12. 4. *magnam partem diei* 4, 1. *complures menses* 5, 6. (*omne illud tempus* fällt Them. 10, 1. nach Halms auf *M u* und die Vergleichung

mit Hann. 13, 2. gegründetem Text weg.) *iam tertium diem* für das deutsche „seit" Eum. 11, 3. Statt
des Acc. steht ein ganzer Satz Timol. 3, 4; *privatus Syracusis, quod reliquum vitae fuit, vixit* „den
Rest seines Lebens". *natus* ist entweder einfach mit dem Acc. der Jahre verbunden Alc. 10, 6.
Dion 10, 3. oder zur Bezeichnung des „älter" und „jünger" mit *maior annos sexaginta* Reg. 2, 3.
non amplius novem annos Hann. 2. 3. *minor quinque et viginti annis* 3, 2., zu welchem Abl.
bei *minor* und *natus* man blos Cic. Verr. 2, 2, 49, 122: *minor triginta annis natus* (Klotz aber: *natu*)
als Parallele anführt. s. Nipp. gr. A. z. St. u. Halm zu Cic. Rosc. Am. 14, 39. An Stelle von
natus gebraucht Nep. Att. 7, 1: *habere annos circiter sexaginta* und den § 4. erwähnten gen.
qual. — Att. 22, 3. lesen wir auch einmal die Datumsangabe *pridie Kal. Aprilis.*

§ 35. Auf die Frage „wohin?" stehen die Namen der Städte und kleineren Inseln,
zu denen auch noch *Creta* Hann 9, 1. (pr. 4. aber *in Creta* s. § 16.) und *Cyprus* Paus. 2, 1.
Cim. 3, 4., aber nicht *Sicilia*, das mehrmals mit *in* vorkommt (indessen Sall. Jug. 28, 6: *Siciliam*) zählen, im blossen Acc. Mit *Cyprum* ist Paus. 2, 1. auch *Hellespontum* (das ebenso bei
Liv. 37, 31, 6. und 33, 4. construiert ist) verbunden, wozu noch *Chersonesum* Milt. 1, 1. 4. 6.
und (was auch bei Cic. Caes. Liv. Tac. u. Just. s. Draeger p. 15.) *Aegyptum* Dat. 4, 1. (nur *n*
hat *in Aeg.*, das Ag. 8, 2. feststeht und dem Chabr. 2, 1. Dat. 5, 3: *in Aegypto*, Ag. 8, 6: *ex
Aeg.* entsprechen) kommen. Appositionen finden sich an keiner der vielen Stellen. — Der Acc.
domum bedeutet wie der Gen. *domi* (§ 16.) auf die obige Frage stets die Oertlichkeit überhaupt,
obwohl es nicht nur von der Heimath als Stadt oder Land: Paus. 2, 6. 3, 4. 5. Cim. 2, 4. Lys.
4, 3. Alc. 4, 3. 7, 4. Con. 2, 4. Chabr. 3, 1. Tim. 3, 5. Ep. 7, 2. 8, 1. Ag. 8, 7. Ham. 1, 5.
Hann. 7, 4. Them. 4, 2., (*domos suas*), sondern auch von dem Wohnsitz des Einzelnen gilt: Timol.
1, 5., wo es durch das beigefügte *ad se* erklärt wird, *domum suam* Tim. 1, 3. Ag. 7, 3. Att. 13, 6.
(*domum suam invitare* „zu sich einladen") *domum Charonis deverterunt* Pel. 2, 5. („beim Ch.
einkehren") Nur zweimal steht *in* Att. 22, 1: *ex domo in domum migrare*, wo von dem
Gebäude, und Them. 9, 2: *qui plurima mala hominum Graiorum in domum tuam intuli*, wo
von der Familie die Rede ist.

§ 36. Im adverbiellen Acc., welchen Nep., ausser dem zum reinen Adverb gewordenen *partim* (Att. 7, 2. als Subj., Dat. 10, 2. als eigentl. Acc. s. Krebs, Antib. s. v.) nicht von
Substantiven gebraucht, stehen 1) *quid* (·cur) Att. 17, 1. *nihil* (·non) 21, 5.; *nihil aliud quam
bellum comparavit* Ag. 2, 4. erklärt sich durch Ellipse, wie Lys. 1, 4. Hann. 10, 1. Att. 11, 1.
beweisen. *tantum* „nur" Dat. 6, 5. Eum. 12, 2. „so viel, so sehr" bei *possum, valeo, absum, indulgeo. quantum* bei *possum, patior*, Att. 8, 4. *recedo* Chabr. 3, 4. (s. § 30. u. § 20.) —
2) die Positiva *multum* „vielfach" Milt. 8, 2. Them. 1, 3. Them. 1, 3. Iph. 1, 2. (*versor*) „sehr"
Eum. 1, 2. (*detraho*) Lys. 3, 3. (*fallo*) Con. 2, 3. (*impedio*) Dion 1, 3. (*moveor*) Dat. 7, 3. (*obsum*)
Eum. 10, 1. (*proficio*) Con. 2. 1. (*valeo* ·. *ceterum*, das Cic. u. Caes. gar nicht, Liv. u. Tac. öfters,
Sall. selten hat (Draeger p. 6.) Eum. 8, 5. *facile* und *parum* öfters. *paulum* Hann. 1, 4. — 3) die
in der Mehrzahl nur an einer oder wenigen Stellen vorkommenden Comparative *accuratius, acrius,
affluentius, altius, amplius, audacius, celerius, clarius, commodius, contumacius, diligentius,
diutius, elatius, facilius, familiarius, ferocius, fortius, insignius, libentius, liberalius, liberius,
licentius, longius, luxuriosius, minus, peius, plus* (bei *valeo* öfters. ·magis* bei *pareo* Alc. 4. 6.
adiuvor Eum. 10, 3. *diligo* Att. 5, 4.) *posterius, potius, prius, propius, saepius, sapientius,
secius**), *segnius, studiosius, turpius*. Aber *acutius* u. *celerius* sind nach dem Gebrauch des Nep.

---

*) Dies die durchgehende Orthographie der Hss. mit alleiniger Ausnahme, wie es scheint, von A an der
Stelle Att. 22, 3., wo setius.

(vgl. Ar. 2, 2. Thras. 1, 5. Timol. 1, 5.) Adjectiva und nicht Adverbia bei *cogitatum* u. *factum.*—
4) die Superlative *minimum* Dion 1, 2. (*non m. commendat*), *plurimum* „sehr oft" Chabr. 3. 3. 4.
(*absum, vivo*) „am meisten" Cim. 2, 1. (*valeo*) Alc. 4, 6. (*prosum*) Thras. 3. 2. (*possum*) Con. 5. 4.
(*credo*) Ep. 2, 5. (*exerceor*) 4, 1. (*diligo*), *potissimum, primum* (*quam pr.* Eum. 6. 4. *cum pr.*
Timol. 3, 4.).

Fortsetzung folgt.

Dr. B. Lupus.

Berichtigungen und Zusätze.

S. 1. Z. 21. l. Perioden statt Periode.
S. 3. Z. 15. l. *Polymnidis* statt *Polymidis*.
      Z. 21. l. § 2. I. statt § 2.
      Z. 30. ist hinter *officii* noch Ib. 18, 5: *ne eius expers esset suavitatis* einzuschieben.
          In Folge davon ist
S. 4. Z. 22. 42 statt 41,
      Z. 25. 8 statt 7 z. l. und
      Z. 28. hinter Att. 10, 4. noch 18, 5. einzuschieben.
S. 6. Z. 35. l. der Gen. in der Mitte (b c a, a c b) statt b c a.
S. 7. Z. 37. ist hinter Phoc. 3, 1. einzuschieben: Att. 18, 4. (2 mal).
S. 8. Z. 28. l. das statt des.
S. 11. Z. 25. l. *custodes* statt *custudes*.
S. 14. Z. 24. l. *indicio* statt *iudicio*.
S. 17. Z. 43. l. *persuadeo* statt *persuaduo*.
S. 24. Z. 35. l. Durch statt Darch.

Verlag der Weidmannschen Buchhandlung (J. Reimer) in Berlin.
Druck von C. Quandt in Waren.

DER

SATZBAU DES CORNELIUS NEPOS

VON

DR· B. LUPUS,

GYMNASIALLEHRER IN WAREN.

I.

DER EINFACHE SATZ

(FORTSETZUNG.)

BERLIN,

WEIDMANNSCHE BUCHHANDLUNG.

1873.

Ablativ.

§ 37. Abgesehen von dem schon § 27. erwähnten Abl. *Messene* Ep. 8, 5. ist betreffs der ersten griechischen Decl. (Neue, Formenlehre der lat. Spr. I. 33 ff.) zu bemerken, dass Nep. vom Nom. auf *es* den Abl. auf *e*, nicht auf *a* bildet: *Perse* Them. 8, 2. Alc. 4, 7. 9, 5. u. *Leotychide* Ag. 1, 2. *Hiceta* Timol. 2, 3. ist von der dorischen Nominativform auf *as* abzuleiten. — In der dritten Decl. kommt *navi* Alc. 6, 3. neben *nave* Hann. 10, 6. 11, 2. vor (N. I 216.); von den substantivierten Adjectiven haben *continens* Milt. 7, 3. *annalis* Hann. 13, 1. *aequalis* Att. 8, 2. *familiaris* 8, 3: *i*, dagegen *parens* Att. 9, 4: *e* (N. I 227 f. II 38. 40.). Die Adjectiva u. Participia flectieren auf *i*; *e* findet sich nur in *vetere* Att. 7, 3. *diligente* 1, 2. *potente* Ag. 1, 5. *absente* Eum. 6, 3. u. *praesente* Alc. 4, 1. (N. II 34, 37—47.), für welche drei letzteren Abll. indessen Fleckeisen, Philol. IV 1849. p. 338. die attributive Endung *i* verlangt.*) *Diti* Att. 1, 2. (N. II 33.) steht neben *divitem* Att. 5, 1. u. *divitissimus* Phoc. 1, 2. Im Abl. abs. endigen alle Partt. praes. in einstimmiger Ueberlieferung auf *e* (N. II 42 ff.) Dieselbe Endung zeigen auch die Comparative; nur *maiori* Dion 2, 4. *superiori* Tim. 1, 2. (dagegen *maiore* und *superiore* mehrmals) *priori* Cato 2, 2. machen eine Ausnahme, welche wiederum Fleckeisen a. a. O. p. 318. durch Herstellung von *e* beseitigen will. — Von dem alten Locativ findet sich das einzige Beispiel *Lacedaemoni* pr. 4. (N. I 247.) neben *Babylone* Eum. 2, 1. Reg. 2, 1. u. *Karthagine* Hann. 7, 4.

§ 38. Der Abl. originis bezeichnet die Eltern, die Familie, überhaupt die Herkunft bei *nasci*: Cim. 1, 2. Dat. 1, 1. Ep. 2, 1. — Alc. 1, 2. Dion 1, 1. u. *oriri*: Att. 19, 2. Cato 1, 1: *ortus municipio Tusculo*, welche jedoch gemäss dem vorwiegenden Gebrauch der übrigen Autoren mit Ausnahme von Milt. 1, 5. nur im Perf., meist des Particips, vorkommen. Etwa ebenso häufig, wie der blose Abl., findet sich *ex* bei *natus* nicht nur zur Angabe der Mutter (welche demgemäss

---

*) Derselbe liest auch a. a. O. Att. 1, 2: indulgenti, welches gleichfalls mit der Endung e in den Hss. neben diligente steht, mir aber in den Zusammenhang weniger zu passen scheint, als das letztere in der Bedeutung „oekonomisch“, besonders da der Sohn hierin sein Ebenbild war; s. Att. 18., wo u. A. der Satz: quod est signum non solum continentiae, sed etiam diligentiae und 4, 3.. wo quantum non indiligens deberet paterfamilias denselben Begriff wiederbringen.

auch bei *procreare* stets mit *ex* bezeichnet wird, Dion 1, 1. Ep. 6, 2. Reg. 2, 3.): Them. 1, 2. Iph. 3, 4., sondern auch, worin Nep. mit Cic. Caes. Liv. übereinstimmt (s. Fischer, die Rections-lehre bei Caesar, Halle 1853. I p. 41. Kühnast, die Hauptpunkte der liv. Syntax, Berl. 1872. p. 160.), des Vaters: Dion 2, 4. Dat. 2, 3. Ep. 10, 1. 2. Att. 19, 4. Handelt es sich aber um ent-ferntere Abstammung oder den Ursprung von Dingen, so gebraucht Nep. *oriri* mit *a*: Dat. 2, 2. Att. 18, 3. Milt. 1, 5: *ventus ab septentrionibus oriens*, einmal auch *generatus*, *ab origine ultima* Att. 1, 1.

§ 39. Den diesem Gebrauch zunächst stehenden Abl. causae agentis bei Passivis verwendet Nep. abgesehen von *delectatus est Dione* Dion 2, 3., welche Construction, begründet in der nicht mehr passiven, sondern schon medialen Bedeutung des *gaudeo* (Paus. 2, 5.) gleich-artigen Verbs, auch bei Cic. Or. 11, 36. etc. u. a. vorkommt, nur von sächlichen Begriffen und den eine Anzahl von kriegerisch auftretenden Personen bezeichnenden Collectiven *multitudo* Milt. 5, 3. Them. 3, 2. Dat. 6, 2. Eum. 5, 3. u. Ag. 5, 2. in der bemerkenswerthen Verbindung *illa multitudine Graeciae supplicium Persas dare potuisse*, wo *suppl. dare* soviel wie *puniri* be-deutet; *manus* Paus. 1, 2. *paucitas* Pel. 2, 3. (vgl. auch Them. 5, 3.); dagegen Them. 9, 4: *exagitatus a cuncta Graecia*. Umgekehrt erklärt sich *a fortuna datam occasionem* (Caes. b. g. 5, 34, 2.) Milt. 3, 3. durch Personification. Können nun, wie hier und bei dem oft vorkommenden *quo, quibus rebus etc. factum est, fiebat*, so etwa auch bei den durch Passiva ersetzbaren Intran-sitiven *valeo, floreo, flagro, excello, eluceo, praesto, cresco, intereo, concido* Ag. 5, 2. Phoc. 2, 4. *decido* Eum. 11, 5. *accido* Tim. 4, 6. *venio* Ep. 7, 3. *exardesco* Ham. 2, 1. die Ablative als Vertreter der in der entsprechenden activen Construction fungierenden Subjectsnominative (welche Personification sächlicher Begriffe indessen dem Lateinischen nicht so geläufig ist, wie unsrer Sprache) betrachtet werden, so drücken in vielen andern Fällen der passiven wie der activen Con-struction die Ablative nicht das eigentliche Agens, sondern einen die Handlung begleitenden Um-stand aus, sei es, dass man diesen mehr causal, oder mehr intsrumental fasst. Ueberhaupt tritt, wie schon der erste Blick in die Grammatiken lehrt, bei der Auffassung der ver-schiedenen Ablative derselbe Fall ein, wie bei den Genitiven, dass man sie zu nicht geringem Theil verschiedenen Rubriken zuweisen kann. Was hindert uns z. B. Phoc. 1, 4: *meis impensis* Hann. 1, 3: *hereditate* Cato 2, 1: *sorte* als Abl. modi, causae oder instr., die Ablative bei den erwähnten Intransitiven z. Th. als limitative zu erklären?

An die Ablative *consilio* Them. 6, 1. etc. *consilio atque auctoritate* Alc. 3, 1. *arbitrio* Ar. 3, 1. etc. *voluntate* Milt. 2, 3. *praecepto* Dion 8, 4. Hann. 11, 4. *consensu* Dion 6, 3. *nutu* Lys. 2, 1. schliessen sich die ebenfalls mit Genn. oder Possessivpronn. verbundenen Defectiva auf u: *iussu* Tim. 4, 3. Dat. 2, 1. 6, 4. *rogatu* Ep. 4, 1. Cato 3, 5. Att. 18, 3. *admonitu* Att. 20, 3. *hortatu* Cato 1, 1. *impulsu* Pel. 1, 2. *missu* Ag. 4, 1. an, während *ductu alcs* Paus 1, 3. u. Dat. 5, 4. einen Abl. abs. vertretend *(sc duce, quibus ducibus)* modal-temporale Bedeutung hat. Die Stellung des Attributs, bei Caes. genau geregelt (Fischer I p. 31.), ist willkürlich. — An andern bemerkenswerthen Causalablativen subjectiver wie objectiver Art (Kühnast spricht p. 163 ff. über die Anwendung solcher Abll. bei Cic. Caes. Sall. Liv.; einige Beispp. aus Tac. s. Draeger p. 24.) habe ich mir notiert: *nusquam culpa male rem gessit* Iph. 1, 2. *fortuna sua mobilitate, quem paulo ante extulerat, demergere est adorta* Dion 6, 1. *ut si lassitudine cuperet acquiescere* Dat. 11, 3. *quod eum ignorantia bonarum rerum illa potissimum sumpsisse arbitrabantur* Ag. 8, 5. *quem non odio tyrannidis dissensisse, sed cupiditate.* Timol. 2, 3. *neque id fecit natura solum, sed etiam doctrina* Att. 17, 3. *hoc oraculi responso profectus* Milt. 1, 4. *inde dei Delphici responso erutus est* Paus. 5, 5. *quae ille universa naturali quodam bono fecit lucri* Thras. 1, 3.

hoc illc nuntio Athenas rediit (Liv. 24, 19, 5.) Chabr. 3, 1. *senectute diem obiit supremum*
Reg. 1, 2. *cum proscriptos praemiis imperatorum vulgus conquireret* Att. 11, 1. *Eo* „deshalb"
mit folgendem *quod* steht Alc. 8, 2. Eum. 4, 5. *ideo* Ag. 5, 1. Mit *nitor* ist Milt. 3, 5: *regno,*
mit *fido* Lys. 3, 5: *pecunia,* Chabr. 1, 2: *victoria* verbunden. Ueber *glorior* s. § 30, über *conflictor* § 22, 1., über *crimine* § 13. — Mit Adjectiven verbindet sich der causale Abl. Milt. 7, 5:
aeger erat vulneribus, 4, 5: *hostes eadem re fore tardiores. Elatus* Milt. 7, 2. Paus 1, 3. Lys. 1, 3.
Alc. 7, 3. *onustus, praeda* Alc. 5, 7. *contentus* Alc. 9, 4. u. ö. *fretus, numero* Milt. 5, 4. *opu-
lentia* Cim. 2, 5. *copiis, odio* Dion 5, 2. *quibus (se locique natura)* Dat. 8, 3.

An Stelle des blosen Abl. causae tritt entweder die Unterstützung desselben durch Par-
ticipien oder ein Praepositionalausdruck. Jenes findet sowohl zur Angabe eines in der Gemüthsstimmung des Handelnden liegenden, innern Beweggrundes statt und zwar durch die Partt: *captus,
misericordia* Them. 8, 7. *ductus, non magis amore quam more* Cim. 1, 2. *caritate patriae* Alc.
5, 1. *falsa suspicione* Dion 10, 1. *studio philosophiae* Att. 12, 3. *incensus, dolore* Lys. 3, 1. *ira*
Pel. 5, 4. *perterritus, timore* Dion 8 4. als auch bei einem von aussen einwirkenden Umstand,
was etwa noch einmal so oft als das erstere vorkommt, z. B. *eius auctoritate impulsi* Milt. 5, 2.
hoc nuntio commotus Paus 3, 5. *Dionis precibus adductus* Dion 2, 3. und ausserdem noch mit
den Partt. *captus, coactus, permotus, perterritus.* Auch das oben erw. *elatus* lässt sich hierher rechnen. — Die Anwendung von Praepositionen aber ist bei äusserem, factischen Grund das
regelmässige. Am häufigsten fungiert *propter,* das aber Ep. 7, 1: *propter invidiam* u. Eum. 11,
2: *propter odium, pr. amicitiam* auch den subject. Beweggrund angiebt. *Ob* gebraucht Nep., zu
dessen Zeit seine Anwendung offenbar schon auf verhältnissmässig wenige Redensarten beschränkt
war (Süpfle a. a. O. I p. 125.), ausser Them. 8, 1: *ob eundem timorem, quo damnatus est, testu-
larum suffragiis e civitate eiectus,* wobei die Abwechslung der Praep. mit dem blosen Abl. zu beachten ist, nur in den auch in der Wortstellung (s. hierüber Klotz z. Cic. Tusc. p. 87.) stereotypen
Formeln *quam ob causam* Paus. 2, 6. etc. *quas ob causas* Con. 1, 1. *ob quam rem* Cato 3, 3. *ob eamque rem*
Tim. 3, 5. etc. oder *causam* Milt. 6, 2. etc. (*de* findet sich nicht in diesen Verbindungen; Phoc. 4, 2. ist
Nipperdeys Conj. *quare* statt des in den meisten Hss. überlieferten *qua de re* jetzt allgemein
angenommen); dagegen Them. 6, 2: *causa, qua negarent. Causa,* stets nachgestellt drückt gemäss
dem sonstigen Sprachgebrauch (s. Matthiae z. Cic. Sest. 20, 45.) nur die Rücksicht oder die Ab-
sicht aus, welche eine Handlung leitet.*) Ein hübscher Beleg für den begrifflichen Unterschied
von *causa* u. *propter* ist Dion 1, 3: *erat intimus Dionysio priori, neque minus propter mores,
quam affinitatem. namque etsi Dionysii crudelitas ei displicebat, tamen salvum propter
necessitudinem, magis etiam suorum causa studebat.* Dion 4, 2: *sic enim existimari volebat, id
se non odio hominis, sed suae salutis fecisse causa* wechselt c. mit dem blosen Abl. der
Gemüthsstimmung.

Wenn *ab* und *ex* scheinbar causal vorkommen, so bezeichnen sie ihrer localen Grundbedeutung entsprechend offenbar den Ausgangspunkt, welchen die Handlung an einem Umstand hat:
*periit a**) morbo* Reg. 3, 3. *multa alia ab natura habuit bona* Dion 1, 2. etc. s. § 55. unter *a. qua
ex re, gloriam sunt adepti* Chabr. 2, 2. u. mit derselben Wortstellung noch 4mal, *quos (dolores)
ex curatione capiebat* Att. 21, 3. *ex quo* (das sonst einigemale bei *fit* u. *accidit* steht) *cognomine*

---

*) Die einzige Stelle Att. 8, 5., in welcher die hs. Lst *necis causa* eine, übrigens ganz unpassende, that-
sächliche Veranlassung angeben würde, ist schon durch Cuiacius' Conj. *dicis causa* emendiert.
**) Das von der bessern Ueberlieferung gebotene a fehlt freilich in einem Theile der Hss.

Bonus est appellatus Phoc. 1, 1. (aber Iph. 1, 4: *a quo postea peltastae pedites appellabuntur*) *ex fumo castrorum eius suspicio allata est* Eum. 9, 1. *fructum oculis ex eius casu capere* 11, 2. *ex novis vectigalibus esset pecunia* Hann 7. 5.   Auch bei *in* ist der causale Ausdruck in einen localen modificiert, z. B. *in eo est reprehensus, quod* Paus 1, 3. ebenso Ep. 10, 1., *ut illi ipsi cum in his maxime admirarentur* Alc. 11. 5. *in re militari florere* Ep. 5, 3. *multum in eo se consequi, quod* Ag. 2, 5. *in eo solum offenderat, quod* Phoc. 2, 2. *libertatem, in qua cuivis liceret, de quo vellet, impune dicere* Timol. 5, 3. u. in der bei Cic. u. a. üblichen, bei Liv. sehr seltenen Constr. *occupari in aliqua re* Alc. 8, 1. Hann. 7, 1. (Kühnast p. 160. Anm.)

§ 40.   Von den sehr häufigen **Ablativis instrumenti** heben wir (vgl. Haacke. Gramm. stil. Lehrb. p. 126 ff.) hier nur folgende hervor, welche in Abweichung von der deutschen Auffassung gesetzt werden: *adopto alqm testamento* Att. 5, 2. *agito alqd mente* Ham. 1, 4. *canto tibiis* pr. 1. Ep. 2, 1. *claudo alqm locorum angustiis* Dat. 8, 4. Ep. 7, 1. Ham. 2, 4. Hann. 5, 2. *concludo vitam alcs volumine* Ep. 4, 6. *consto aedificio, silva* Att. 13, 2., aber *muri ex sacellis sepulchrisque c.* Them. 6, 5. u. *reditus c. in Epiroticis et urbanis possessionibus* Att. 14, 3. *decerno acie* Milt. 4, 4. (über den ähnlichen Gebrauch von *proelio* u. *bello*, nach deren Analogie es Hann. 1, 3: *animo bellare cum Romanis* heisst, s. § 50.), *me defendo moenibus* Milt. 4, 4. Them. 4, 2. *erudio alqm litteris, sermone* Them. 10, 1. *disciplina* Iph. 2, 4. Ep. 1, 4. *doctrinis* Att. 1, 2. *artibus* 12, 4. *exerceor currendo et luctando* Ep. 2, 5., so auch *bello exercitati* 5, 4., aber *exercitatum in dicendo* 5, 2. *explico vitam multis milibus versuum* Ep. 4, 6. *corona facta duabus virgulis oleaginis* Thras. 4, 1. *fero alqm lectica* Hann. 4, 3. *gero alqd dextra sinistra*, neben *in capite* Dat. 3, 2. *incendo alqm cupiditate* Hann. 2, 1. *iudico de alqo suspicionibus* Paus 3, 7. *loquor Graeca lingua* Milt. 3, 2. etc. *meditor animo* Ag. 4, 1. *peto salutem fuga* Hann. 11. 4. *portari vehiculo* Phoc. 4, 1. *placari animo in eum* Pel. 5, 2. *proficisci navibus, classe* mehrmals, *vento borea* Milt. 2, 4. wie 1, 5: *vento aquilone venisset Lemnum. retineo beneficia memoria* Att. 11, 5. *teneo, me domo* (s. § 16.) Ep. 10, 3. *alqm custodia* Cim. 1, 1. *traduco copias ponte* Milt. 3, 1.   Ueber *implicor* s. § 22., über *dono, aspergo, circumdo, circumfundo, impertio* § 21.

Um eine Person als Mittel zu bezeichnen, gebraucht Nep. Alc. 5, 3. 4. 8, 6. Con. 3, 3. Tim. 3, 2. Dion 1, 4. Eum. 7, 3. Timol. 1, 4. Att. 7, 3. *per*, welches Eum. 10, 3: *si per suos esset licitum* u. Cato 2, 2: *neque hoc per senatum efficere potuit*, in den causalen Begriff von *propter* übergeht, und, wie Caes., mit Vorliebe das bedeutungsvollere *opera alcs*: Lys. 1, 3. Alc. 4, 7. 6, 2. 4. Con. 3, 1. Dat. 2, 1. Ep. 8, 1. Hann. 7, 3; *auxilio* ist Milt 4, 1. Paus. 1, 4. verwandt.   Die Truppenbezeichungen *exercitus, copiae, manus, equitatus, praesidium, custodia, classis*, auch *armati*, Dion 9, 2. und sogar *ii ipsi* (*iis ipsis, qui sub adversariorum fuerant potestate, regios spiritus repressit*) ib. 5, 5., woran sich Ep. 5, 6. (trotz des unmittelbar vorhergehenden *ille cum universa Graecia vix decem annis unam cepit urbem*) *ego contra una urbe nostra dieque uno totam Graeciam liberavi* anschliesst, werden als sachliche Mittel angesehen und stehen im blosen Abl.   Parallelen dazu finden sich bei allen Prosaikern, z. B. Cic. Mil. 9, 26. Caes. b. g. 1, 8, 1. Sall. Cat. 27, 2. Liv. 21, 46, 5. Allein Timol. 1, 3. lesen wir *cum tyrannidem per milites mercennarios occupasset*.   Steht *cum* bei solchen Begriffen, so bezeichnet es ebenso wie bei Sachen (*pedissequi cum nummis secuti sunt* Cim. 4, 2. *quod Hannibalem cum imperio apud exercitum haberent* Hann. 7, 3. etc.) die Begleitung: Milt. 1, 4. Them. 2, 4. Ep. 5, 6. Eum. 3, 3. Hann. 4, 3. etc.   Statt dieses Praepositionalausdruckes gebraucht aber Nep. nie den blosen Abl. eigentlicher Personalcollectiva bei Verbis, die nur eine Bewegung, nicht ein Ausführen von Thaten im Kriege bezeichnen, so dass er also *proficiscor* Milt. 1, 4. 5. etc. nur mit *navibus, classe*, aber nirgends etwa mit *exercitu* etc. verbindet. — Die Praeposs. *ex* u. *in* bringen wieder den localen Begriff herein: *in nave vehi* Chabr. 4, 3 Hann. 10, 6. (neben dem blosen Abl. Dion 4, 1. etc.) *in eo laedendo aliquam consecutoros commoditatem* Att. 9, 2. *ex quo intellegi potest* Dion 5, 3. etc. u. so *ex aliqua re iudicare, discere, conicere, cognoscere, comperire* auch Tim. 4, 1: *ex sua re familiari reficere* u. ähnl.

§ 41. Unter den Begriff des Instrumentalis im weiteren Sinne fällt zunächst auch der Abl. mensurae. Er steht 1) bei den Verbis *iudico* pr. 3. Att. 13, 3. *metior* Eum. 1, 1. Att. 14, 3. — 2) bei Comparativen, dreimal auch bei Superlativen, *multo*: Alc. 1, 2. Ag. 3, 1. Att. 12, 4. Dieser Abl., welcher gemäss dem allgemeinen Sprachgebrauch ohne Ausnahme dem Steigerungsgrad vorangeht, ist nur einmal der eines Substantivs: *quattuor mensibus diutius* Ep. 7, 5., oft aber der folgender neutraler Pronn. oder Adjj. numeralia: *quo, eo, hoc, tanto, altero tanto, aliquanto, multo, nihilo*, das wie bei Caes. besonders gerne (5mal) mit *secius*, 2 mal mit *minus* u. Dat. 10, 3. mit *magis* verbunden wird. An Stelle eines correspondierenden relativen Abl. findet sich einigemale nach *hoc* u. *eo* die Conj. *quod* Milt. 5, 4. Tim. 4, 6. etc. — 3) bei *aliter*, (*multo a.* pr. 7. Ham. 3, 1. aber Them. 6, 3. das üblichere *longe alio*), *ante* u. *post*, welche letzteren gewöhnlich als Adverbien, 2mal, Hann. 5, 3. 6, 3., als Praepositionen und mit Ausnahme von Paus. 5, 2: *paucis ante gradibus quam* in temporaler Bedeutung auftreten. Die Stellung des Abl. hinter *post*, bei Cic. Caes. Sall. Liv. vereinzelt, ist eigenthümlicherweise Nep. fast ebenso geläufig wie die vor demselben: *post non multo* Paus. 3, 1. (s. Nipp. gr. A. z. St.) *post, neque ita multo*, Cim. 3, 4., aus welcher Stelle sich auch Pel. 2, 4: *quorum imperii maiestas neque ita multo post Leuctrica pugna ab hoc initio perculsa concidit* erklärt (s. Nipp. gr. A. z, St.), *post aliquanto* Alc. 11, 1. *hanc post rem gestam non ita multis diebus* Hann. 5, 3. *post id factum paucis diebus* 6, 3. Ib. 7, 4: *postquam praetor factus fuerat, anno secundo et vicesimo* ist der Abl. temp. ebenso gestellt. Für die Weglassung von *post* in *sexto fere anno quam erat expulsus* Ar. 1, 5. finden sich bei Liv. 3, 8, 2. 33, 1. etc. Parallelen. Den Abl. vertauscht Nep. mit dem von *ante* u. *post* abhängigen Acc. Ar. 3, 3: *post annum quartum quam*, Cim. 3, 3. Dion 5, 3. 10, 3. Dat. 11, 2. und verwendet dabei ausser in der letzten Stelle: *(ante aliquot dies)* Ordinalien statt der Cardinalien. — 4) bei den comparativischen Verben *antecedo, antesto, praesto*, die Ar. 1, 2. Ep. 2, 2. Reg. 2, 1. Hann. 1, 1. mit *quanto, tanto, multo* verknüpft werden. Hieran schliesst sich auch Eum. 9, 2: *ut non minus totidem dierum spatio retardaretur*. — Accusative wie *quantum, tantum*, die sich hie und da bei Caes. (Fischer I p. 42.) Liv. (Weissenborn z. 3, 15, 2.) und vielleicht auch bei Sall. (s. Jug. 85, 22.) statt der Abll. finden, kommen in diesem Gebrauch nicht vor.

§ 42. Der Abl. comparationis vertritt *quam* mit dem Nom. oder Acc. eines dem Subjecte verglichenen Nomens; nur Att. 15, 2: *qua nihil habebat carius* und Hann 3, 2: *minor quinque et viginti annis natus* (s. § 34.) ist ein objectiver und ein temporaler Acc. in den Abl. verwandelt. Mit Ausnahme der letzteren Stelle geht der Abl. immer dem Comparativ voran und nur Thras. 1, 4. u. Hann. 3, 2. ist in dem betreffenden Satze keine Verneinung (vgl. Süpfle a. a. O. I p. 141.). Bei *minus, plus, amplius* wird Them. 5, 2. Thras. 2, 1. Pel. 2, 3. Eum. 9, 2. Ham. 2, 4. Hann. 2, 3. Att. 18, 6. *quam* ohne Veränderung des folgenden Casus weggelassen, beibehalten nur Eum. 12, 4. Att. 13, 6. bei *amplius*, das übrigens nur einmal, Ham. 2, 4., ohne *non*, 5mal mit demselben verbunden vorkommt.

§ 43. Den ziemlich häufigen Abl. limitationis finden wir bei Adjectiven: *maior, maximus natu*, (*grandis natu* kommt nicht vor, dafür steht Paus. 5, 3. Tim. 3, 1: *magno natu*, welchen Abl. qual. auch Liv. 3, 71, 3. etc. hat.) *proximus aetate* Them. 9, 1. *inferior copiis* Dat. 8, 4. *par eloquentia*. Ep. 5, 1. *manu fortis* Reg. 2, 2. etc., bei Nominibus propriis, wie

Graeci, Medus, Macrochir, zu denen die Abll. *genere* Milt. 3, 4. *natione* Paus. 1, 2. Dat. 1, 1. *nomine* Cim. 1, 2. Dion 1, 1. Timol. 5, 3. *cognomine* Phoc. 1, 1. Reg. 1, 3. Ham. 1, 1. gesetzt worden, und bei Verben: *neminem huic praefero fide, constantia, magnitudine animi, in patriam amore* Thras. 1, 1. *ut omnium opinione victor duceretur* Ag. 3, 6. *causam apud Philippum regem verbo, re ipsa quidem apud Polyperchontem iussus est dicere* Phoc. 3, 3. *magnus omnium iudicio exstitit* Timol. 1, 1. Umschrieben wird dieser Abl. mit Nüancirung des Gedankens · durch *ad* Ep. 2, 3: *haec ad nostram consuetudinem sunt levia* u. *in* Alc. 11, 4: *hos quoque in his rebus antecessisse,* 9, 3. bei demselben Verbum, Dion 3, 1: *qui in aliqua re vellet patrem imitari,* Ep. 2, 2. bei *antepono, antecedo* u. *supero* (während Them. 6, 1. Alc. 11, 2. 3. Thras. 1, 3. 4, 3. etc. die Verba des Gleichkommens und Uebertreffens den blosen Abl., welchen man übrigens ebenso gut als instrumental-causalen fassen kann, bei sich haben) Alc. 3, 5: *spem in eo habebant,* Ep. 1, 5: *neque minus concinnus in brevitate respondendi quam in perpetua oratione ornatus,* 10, 1: *male eum in eo patriae consulere,* Ag. 7, 4: *in nulla re differre,* Eum. 13, 2: *in quo quanta omnium fuerit opinio,* Phoc. 4, 4: *in hoc tantum fuit odium multitudinis.* — Ueber *quid iis vellet fieri* Ag. 4, 6. s. § 18.

§ 44. Nur an 3 Stellen kommt der Abl. pretii bei eigentlichen Verben des Schätzens oder Kaufens vor: *lis quinquaginta talentis aestimata est* Milt. 7, 6. *lis aestimatur centum talentis* Tim. 3, 5. *ut eum suo sanguine ab Acherunte cuperent redimere* Dion 10, 2. Them. 2, 2. wird *aedifico* mit *pecunia* verbunden. Auch Ar. 3, 2: *ut, qui efferretur, vix reliquerit* ist hierherzuziehen. — *Dignus summorum virorum personis* pr. 1. *poena* Ar. 1, 3. Ep. 1, 2. *memoria* Chabr. 1, 1. etc. *indignus, fide sua* Dat. 5, 5.

§ 45. Den Abl. copiae et inopiae regieren die Verba *compleo* Hann. 9, 3. *oppleo* 11, 6. *imbuo* Dion 4, 3. *locupleto* Alc. 7, 4. Ag. 3, 2. Ham 4, 1., wo neben *equis, armis, pecunia* auch *viris. abundo* Eum. 5, 2. — *privo* Milt. 7, 2. Ep. 6, 4. Phoc. 2, 4. Reg. 3, 4. *spolio* Thras. 2, 6. Att. 9, 2. *nudo* Dat. 11, 4. *careo* Milt. 2, 3. Paus. 3, 5. Ep. 3, 4. Pel. 1, 4: (ἀπὸ κοινοῦ) *pulsus patria carebat,* 5, 1. Phoc. 1, 3. *Indigeo* (*egeo* kommt nicht vor) hat theils den Abl: Ag. 7, 2. Att. 9, 3. 21, 2. theils den Gen: Cim. 4, 2. Thras. 2, 6. Reg. 3, 4. Hann. 1, 3., steht also bei Nep. in der Mitte zwischen dem Gebrauch von Caes. und Liv. einerseits, die lediglich den Abl., und Cic., der fast nur den Gen. mit ihm verbindet, anderseits (Sall. nur Jug. 110, 2. c. gen.) Man mag diesen Verbis ausser *augeo, orno, dono* u. ähnl. mit dem instrumentalen Abl. verbundenen auch *afficio* beizählen, dem Nep. *exilio* Thras. 3, 1. *magnis muneribus* Ag. 3, 3. *poena* 4, 8. Hann. 8, 2. *morbo* 4, 3. *leto* Reg. 3, 2. beifügt; ferner *opus est.* Dieses ist Prädicat bei dem Neutrum *quae* Them. 1, 3. Att. 7, 1., hat Milt. 4, 3. Ep. 4, 2. die Abll. *auxilio* u. *pecunia,* das letztere in verneintem Satz und Eum. 9, 1. den Abl. das Part. perf. pass: *quaeritur, quid opus sit facto* bei sich.

§ 46. Der scheinbar objective Abl. steht sehr oft bei *utor,* auch mit einem zweiten praedicativen Abl zusammen: *quo-duce* Milt 1, 2. *quibus-amicis* Eum. 12, 2. *hoc Sosilo-doctore* Hann. 13, 3., wofür zuweilen der Adverbialausdruck *familiariter, ius, issime,* Eum. 4, 4. Phoc. 4, 3. Att. 8, 2. Ag. 1, 1. *intime aliquo uti* Att, 5, 4. *deutor* (ein ἅπαξ εἰρημένον) Eum. 11, 3. *fruor* Cim. 4, 1. Ep. 5, 4. Att. 20, 2. *fungor* Them. 7, 3. Paus. 3, 6. Con. 3, 4. *perfungor* Hann. 13, 1. *Potior* hat häufiger den, nicht nur bei *rerum,* auch sonst in der Prosa, selbst bei Cic. (bei Caes. nur b. g. 1, 3, 8.), vorkommenden Gen.: *classis* Lys. 1, 4. *partis Siciliae, urbis Syracusarum* Dion 5, 5. *imperii* Ag. 2, 1. Eum. 7, 1. *Syracusarum* Timol. 2, 1. *rerum* Att. 9, 6. als den Abl: *regione* Milt, 2, 1. *oppido* 7, 3. *praeda* Cim. 2, 4. Ag. 3, 5. *Piraeo* Phoc. 2, 4. Abgesehen von *si quid uti voluisset* Att. 8, 4. (s. § 30.) findet sich der alterthümliche Acc.

Dat. 1, 2: *militare munus fungens* (so immer Ter., bei Cic. R. publ. 1, 17, 27. Att. 1, 1, 2, nur im Gerundiv, Just. 19, 1, 1: *diem fungitur.* Tac. ann. 3, 2. 4, 38.) und Ag. 4, 2: *fiduciam regni Persarum potiundi.* Ob diese auch Caes. Sall. Liv. u. a. nicht fremde Gerundivconstruction von *potior* Eum. 3, 4. die Veränderung des von den besten Hss. überlieferten *qui summum imperii potirentur* in *q. summam i. p.* rechtfertigen kann, ist sehr fraglich, da *potior* als Verbum finitum nur höchst selten in Prosa (zuerst Bell. Afr. u. Hisp. mehrmals, dann in einem sallustian. Fragm., Nr. 118. bei Dietsch; bei Cic. sind die betr. Stellen längst auf hs. Grundlage emendiert, s. Ed. Halm-Baiter z. Tusc. 1, 37, 90; Tac. ann. 11, 10. Justin. 9, 7, 12; Liv. 3, 7, 2., das Kühnast p. 172. anführt ist nicht vollgültig, da *potiundi* hier durch das coordinierte *adeundi* bestimmt wird) den Acc. regiert.*)

§. 47. Da der Abl. modi ganz verschiedene Umstände ausdrückt, welche sich unter den allgemeinen Begriff der eine Handlung näher bestimmenden Art und Weise zusammenfassen lassen, so kann man ihn, wenn man bei Nep. von Ep, 9, 1: *neque prius abscesserunt quam magna caede multisque occisis Epaminondam concidere viderunt* ausgeht, nicht selten, besonders bei der Angabe äusserer Verhältnisse, als Abl. absol., bei dem das Particip von *esse* zu ergänzen ist, erklären: *infectis rebus* Milt. 7. 5. *pari proelio discesserant* Them. 3, 3. *muros restituit praecipio suo periculo* 6, 2. *prospera, secunda fortuna* Phoc. 2, 1. Ham. 4, 1. Att. 9, 5. (*cum illa fundum secunda fortuna emisset in diem neque post calamitatem versuram facere potuisset*) etc. Die häufigen Modalablative mit einem Attribut bezeichnen theils äussere mit der Handlung verknüpfte Umstände, wie *quod communi iure gentium facere possent* Them. 7, 4. *summa colebatur caerimonia* 8, 4. *omni ratione bellum comparare* Dion 5, 1. *talibus pactionibus pacem facere* 5, 6. *illo statu sibi statuam fieri* Chabr. 1, 3. *amplo funere extulit* Eum. 4, 4. (s. 13, 4.) *cum triumviri bona vendidissent consuetudine ea, qua tum res gerebantur* Att. 12, 3. *magno, tanto opere*, oft *modo*, theils auf die Handlung einwirkende oder sie begleitende Stimmungen des Subjects, wie *proelium commiserunt hoc consilio, ut* Milt. 5, 3. *cum ille animo forti invidiae cessisset* Cim. 3, 2. *hac spe cum profectus esset* Lys. 3, 3. *hac mente tradit* Dion 9, 1. *magna industria bellum apparavit* Ag. 3, 2. öfters *sua sponte.* Bei *feror* haben wir die Modalbestimmungen (*ad patriam liberandam omni ferebatur cogitatione* Alc. 9, 4. *tanto odio ferebatur in Ciceronem* Att. 10, 4.) wohl zu unterscheiden von den causal- instrumentalen Abll. *praecipua laude* Att. 10, 6. vgl. *quorum laudibus in caelum fuerat elatus* Dion 7, 3. u. Lys. 4, 2. Alc. 11, 1. Zu den letztern ist wohl auch zu rechnen Eum. 3, 4: *ea tum erant fama, qua nunc Romani feruntur.* Einen attributiven Gen. haben bei sich *more* u. *moribus* Paus. 3, 2. 4. Ham. 3, 2. u. ö. *legibus* Paus. 3, 5. Cim. 1, 1. *nomine* Ep. 5, 3. *numero* 7, 1. (vgl. Ag. 4, 8.) *specie imperii nominisque simulatione Alexandri* Eum. 7, 2. *verbis* Ag. 8, 4. (vgl. Them. 4, 3.). Die ohne Attribut vorkommenden Abll. modi: *ordine* (*enumerare*) Att. 18, 3. *lege* (*agere*), *legibus* (*experiri*) Timol. 5, 2. *dolo* (*productum in proelium*) Hann. 5, 3. *vi* (*expugnare*) Milt. 7, 1. Hann. 3, 2 (*non erat enim vi consecutus, sed suorum voluntate*). Milt. 8, 3. *tum non potentia, iure respublica administrabatur* Cato 2, 2. lassen sich z. Th. auch als instrumentale fassen, wie unter den mit Attributen versehenen *pari imperio* Alc. 5, 4. (vgl. Dat. 3, 5.) und *vestitu agresti* Pel. 2, 5. als qualitative. Von hierhergehörigen Adverbien auf *o* kommt *composito* ohne *ex*: *perfugas mala fide compositoque fecisse* Dat. 6, 6. in der Prosa bis einschliesslich Liv. wahrscheinlich gar nicht vor.

---

*) Wesenberg, emend. Tusc. II p. 25. emendiert in s u m m a e, während **B** ss: s u m m a haben. Eines von beiden wird unbedenklich in den Text aufzunehmen sein.

Statt des blosen Abl. werden Praepositionalausdrücke von Nep. selten verwandt. *Cum* bezeichnet das begleitende eines Umstandes bei einer Handlung: *magna cum offensione civium rediret* Milt. 7, 4. *maiore cum labore bellum confecturum* Them. 4, 4. *magna cum dignitate viveret* 8, 2. *cum summa ignominia familiae reficere coactus est* Tim. 4, 1. *risus omnium cum hilaritate coortus est* Ep. 8, 5. *cum tanto flagitio rediret* Ham. 1, 5. *summa cum eius offensione remanserant* Att. 7, 2. *Per* ist Con. 3, 3. mit *litteras*, Att. 7, 3. mit *epistulas* verbunden. Andere Modificationen sind das häufigere *quemadmodum*, *admirandum in modum* Ep. 3, 2. *ex more Persarum* Con 3, 2. *ex sententia* Alc. 7, 1. Ham. 3, 1. (vgl. *ex consilii sent.* Phoc. 3, 4.) Einmal wird auch hier, wie öfters beim Abl. causae ein Particip verwandt: *ille temeraria usus ratione non cessit maiorum natu auctoritati* Tim. 3, 4. und schliesslich bemerke man noch die Coordination des Abl. modi und des appositiven Particips Att. 6, 3: *neminem neque suo nomine neque subscribens accusavit.*

§ 48. Im Abl. loci steht auf die Frage wo? 1) *locus* mit den Attributen *hic*, *is*, *idem*, *qui*, *unus*, *multi*, *complures*, *idoneus*, *anceps*, *alienus celeber*, *sanctus*, einmal auch *si dimicare eo vellet* Dat. 7, 3., nach vorhergegangenem *locum* u. *locis* (vgl. das Liv. 22, 53, 8. durch Voss' Conj. *nulla* gefährdete hs. *nullo*) in eigentlicher, Lys. 4, 3: *testimonii loco librum tradidit*, Eum. 1, 5: *eum habuit ad manum scribae loco*, Dat, 1, 1: *regi multis locis fidelis erat repertus* (s. Nipp. gr. A. z. St.) in uneigentlicher Bedeutung, in der auch numero ähnlich gebraucht wird; s. § 32. und über *honesto loco* ib. 1, 5. § 4. Nur 3mal findet sich ohne Veränderung der Bedeutung *in*, Them. 8, 5: *in tam propinquo loco tuto eum versari*, Eum. 5, 6: *si in campestribus ea locis habuisset*, Att. 20, 1, *quibus in locis sit moraturus*. Aber Nep. geht in der Verwendung des Abl. localis einen Schritt weiter, indem er Hann. 8, 4: *quo cornu rem gessit*, Att. 14, 2: *pari fastigio steterit in utraque fortuna* wozu wohl Redensarten wie *suo iudicio, viribus suis st.* die Veranlassung gaben, (aber ib. 10, 2: *in summo essent aut fastigio aut periculo* u. Quint. Inst. or. 12, 1, 20: *stetisse Ciceronem in fastigio eloquentiae*), und wahrscheinlich Milt. 5, 3: *acie regione instructa non apertissuma* schreibt. Doch steht er darin noch ganz in der classischen Periode. Denn wenn Cic. Fin. 5, 4, 9. sagt: *ut nulla pars caelo, mari, terra, ut poëtice loquar, praetermissa sit**) und (s. Krügers lat. Gramm. § 373.) ebenso wie Caes. *(sinistro, dextro cornu* b. c. 3, 89. *apertissimis campis* b. g. 3, 26. *aperto ac plano littore* 4, 23. u. wenige andere Ausdrücke; s. Fischer I p. 47.) den localen Ablat. nur sehr mässig gebraucht, so geht Sall. schon einen Schritt weiter (*Mesopotamiā, Armeniā*) und Liv. (Kühnast p. 183. Süpfle a. a. O. p. 223.) bahnt durch seine vielfachen Freiheiten den Weg zu der spätern, masslosen Verwendung der Ablative in Ortsangaben (s. u. a. Draeger p. 23. Nipp. zu Tac. Ann. 3, 61.) — „Zu Wasser und zu Lande" heisst regelmässig *et mari et terra:* Them. 2, 4. Ar. 2, 3. Alc. 1, 2. Ham. 1, 2. Hann. 10, 2., nur Reg. 1, 3: *terra marique* und verneint Alc. 6, 2: *neque terra neque mari.* Für sich allein steht *in terra* Them. 3, 1. Cim. 2, 3., auch *in Pamphylio mari* Hann. 8, 4; dagegen *alienissimo sibi loco, contra opportunissimo hostibus, adeo angusto mari conflixit* Them. 4, 5. *magnas mari res gessit* Con. 1, 1. *mari duces essent* Tim. 2, 2 (die ganze St. ist übrigens von Fleckeisen a. a. O. p. 323. als Glossem verdächtigt worden). Fraglich ist, ob auf Grund dieser Stellen Hann. 8, 4: *quo cum multitudine adversariorum sui superarentur* der Abl. *quo* (hinter

---

*) Dass Cic. Verr. 4, 56, 124: ullo templo gesagt, ist kaum denkbar. Baiter u. Halm haben auch schon ullo in templo aus λ in den Text aufgenommen, wofür ich freilich wegen des vorhergehenden unquam lieber in u. t. lesen möchte.

dem Fleckeisen a. a. O. p. 335. *proelio* einschiebt) auf das vorhergehende *in Pamphylio mari* zu beziehen ist. — 2) mit *totus* verbunden nur *Graecia* pr. 5. Iph. 2, 3. Chabr. 1, 3. u. *Africa* Ham. 2, 5. — 3) der Weg, auf dem, als Mittel, eine Bewegung stattfindet: *deriis itineribus milites duceret, in quibus vera audire non possent* Eum. 3, 5. *via, qua omnes commeabant* ib. 8, 5. u. auf dasselbe *via* bezogen 2 Zln später *hac si proficisceretur*. — 4) die Städtenamen nach der bekannten Regel, die auch die Frage woher? umschliesst. Regelmässig sind auch *in oppido Athenis* Alc. 3, 2. *in oppido Citio* Cim. 3, 4. *Athenis, splendidissima civitate* Alc. 11, 2. Dass Chabr. 3, 4. die überlieferten Abll. *Lesbo* u. *Sigeo* von *in* abhängen, wird jetzt allgemein angenommen; s. § 16. — Im localen Abl. (Milt. 1, 5. 2, 4. Ag. 4, 1. Hann. 8, 1.) ist die Bedeutung von *domus* dieselbe wie in dem localen Gen. u. Acc. s. § 16. u. 35.

Bei der Angabe des Inhalts einer Schrift gebraucht Nep., gleichviel ob im ganzen Buche oder nur an einer Stelle die Rede von einem Gegenstand ist, eigenthümlicher Weise immer *in*. Vgl. Paus. 4, 1: *aliquid in ea (epistula) de se esse scriptum*, Alc. 2, 2: *de quo mentionem facit Plato in symposio*, Dion 3, 2. Hann. 13, 1. etc. mit Paus. 2, 5. 3, 4. 4, 2. Lys. 3, 5. 4, 2. Dat. 5, 3. Pel. 3, 2. — Schliessen wir hier gleich diejenigen Verba an, welche zum Theil in Folge andrer Auffassung des Lateinischen als im Deutschen *in* c. abl. regieren. Bei Nep. kommen vor *pono* Alc. 4, 5. 11, 4. Tim. 2, 3. Ep. 1, 2. Eum. 7, 2. 11, 2. Hann. 5, 4. (s. auch Dat. 6, 2. Att. 3, 2: *locis p.*) *depono* 9, 3. *repono* 7, 5. *impono* s. § 22, 1. *colloco* Milt. 2, 1. Hann. 11, 4. *statuo* Eum. 7, 2. *constituo* Chabr. 1, 3. *consido* Paus. 4, 4. *deligo* Hann. 3, 2. *scribo* Alc. 6, 5. *inscribo* u. *incido* s. § 22, 1. Auch *pontem facere in flumine* Milt. 3, 1. Them. 5, 1. 9, 3. gehört hierher u. *in armis plurimum studii consumebat* Ep. 2, 5. vgl. auch Tim. 1, 2.*)

§ 49. Als localer Abl. ist auch der Abl. separationis anzusehen. Mit diesem verbindet Nep. die Verba der Trennung weit seltener als mit den Praeposs. *de, ex* u. *a*, welches letztere, wie von Cic. Caes. Liv., aber nicht von Sall. (s. Kühnast, p. 165.) bei Personen ohne Ausnahme verwandt wird. Das Verhältniss des blosen Abl. zur Anwendung der Praep. ist bei allen im Folgenden aufzuführenden Verben etwa das von 1: 3½. Nep. stimmt also auch hierin mit den älteren Prosaikern Cic. Caes. Sall. überein, während schon Liv. nach Kühnasts Zählung z. B. im 23. B. das Verhältniss 5: 8 hat und die Spätern sich noch häufiger und freier des Abl. bedienen. Nur bei *cedo* u. *libero* stehen immer die sächlichen Abll. *loco, Italia* (Cic. Phil. 10, 4, 8. etc.) — *periculo, poena, obsidione, custodia;* *a* bei letzterem nur von Personen: *a tyranno* Thras. 1, 2. Timol. 1, 1. Dagegen hat das Adjectiv *liber* Milt. 3, 4: *a Persarum dominatione et periculo*, was ebenso wie die Construction von *libero* völlig mit Caesars und im Allgemeinen auch mit Ciceros Gebrauch übereinstimmt. *Pello* hat (wie Cic. Sall. Liv., aber nicht Caes.) die Abll. *patria, terra, Macedonia* Phoc. 3, 2 (*Ponto* Cic. Sest. 27, 58. etc.). *e x arce* Pel. 3, 3; seine Composita *expello* (*patria, e civitate* etc., übertragen blos *potestate* Milt. 3, 5.) und *depello* ungefähr gleich häufig die Praep. (*ex — a, de, ex*) u. den blosen Abl., letzteres beide Constructionen in örtlicher (*terra, de provincia*, etc.) und in übertragener (*gradu* Them. 5, 1. *a qua re* Dat. 7, 3.) Bedeutung, wie Liv., während Caes. jene durch den blosen Abl., diese durch *a* ausdrückt; *eicio, urbe insulaque* Cim. 2, 5., sonst *ex* (Caes. hat dies allein, Cic. u. Liv. auch den blosen Abl.); *excedo, pugna* Ep. 9, 2. und *decedo, Sicilia* (trotz *in S.* auf die Fragen wo und wohin? s. § 16. u. 35; vgl.

---

*) Der umgekehrte Fall findet in den Constructionen in Thraciam se abdidit Alc. 9, 1. und in edictum addidit Cato 2, 3. statt.

Sall. Ing. 20, 1: *legati Africa decessere*, Liv. 32, 34, 4: *decedi Graecia*) Ham. 1, 5., mehrmals aber auch bei beiden *ex aliqua re* und Att. 10, 2: *decedere de foro* (dieselben Constructionen bei Cic. Caes. Liv.). Je einmal kommen endlich mit dem blosen Abl. vor *propello, patria* (wozu die Prosa keine Parallele zu bieten scheint) Phoc. 3, 2. *excludo, reditu* Them. 5, 1. *prohibeo, transitu* Hann. 3, 4. (beides bekanntlich classische Verbindungen) *abalieno, homines suis rebus* Ag. 2, 5. (Cic. nur mit *a*, Liv. bei Sachen auch ohne dasselbe) *me abstineo, cibo* Att. 22, 3 (ebenso Caes. (Hirt.) b. g. 8, 44, 2., sonst blos *abstineo*, aber Cic. u. Liv. auch *me abst.* c. abl. oder *a*). *interdico* s. § 20.

Nur mit Praepositionen, wenn nicht absolut gebraucht, werden folgende Verba verbunden, und zwar mit *a*: *abeo* Thras. 1, 4. *abhorreo* Milt. 3, 5. Att. 14, 2. *absum* oft, Milt 4, 2: *est ab*, s. § 34. *abstraho* Dat. 4, 3. *alieno* Alc. 5, 1. *averto* 4, 7. *avoco* Ep. 5, 3. *defendo* Them. 7, 4. Hann. 10, 5. *descisco* Alc. 5, 1. etc. *deterreo* Milt. 7, 4. etc. *digredior* Pel. 5, 4. *dimitto* Ep. 2, 2. *discedo* Them. 3, 4. etc. *dissentio* Cato 1, 3. *dissideo* Hann. 10, 2. *recedo* Alc. 8, 1. Chabr. 3, 4. *removeo* Dion 9, 1. etc. *repello* Thras. 2, 5. *retraho* Ep. 8, 4. *segrego* Hann. 2, 2, *seiungo* Pel. 3, 1. etc.; mit *de*: *deicio* Dion 4, 5. *desisto* Tim. 2, 2. *detraho* s. § 22, 1. *eximo* Att. 10, 4; mit *ex*: *decido* Eum. 4, 2. *defero* (s. Nipp. gr. A. z. St.) Timol. 2, 2. *deligo* Milt. 1, 2. etc. *demigro* 2, 5. *deporto* Cato 2, 1. *educo* Milt. 5, 2. etc. *eligo* Dion 9, 3. *eluceo* Chabr. 1, 1. *me emergo* Ag. 3, 4. *eruptionem facio* Thras. 4, 4. *exeo* Them. 8, 7. Timol. 4, 2. *extraho* Ag. 3, 4. *moveo* Att. 7, 1. *redeo* „einkommen aus". Them. 2, 2. 10, 3; *deduco* hat Dion 4, 5: *a pristino victu*, Cato 1, 4: *ex provincia, effero* Paus. 5, 4: *de templo*, Eum. 4, 4: *ex acie, egredior* Alc. 6, 3: *e navi*, Hann. 5, 2: *extra vallum*, s. § 31. und über *fugio* nebst seinen Compositis § 28. Eine Vergleichung dieser Zusammenstellung mit Haacke a. a. O. p. 138 ff., Fischer I p. 37 ff. Kühnast p. 165 ff. Hildebrandt, Ueber einige Zeitwörter, welche bei Cic. Caes. Liv. mit dem blosen Abl. u. d. Praepp. *a, de, ex* constr. werden, Dortm. Progr. 1858,9. ergiebt das Resultat, dass die Anwendung der Praeposs. in Verbindung mit obigen Verben bei Cic. Caes. Liv. und Nep. besonders rücksichtlich der Praep. *a* auffallend übereinstimmt; nur lässt Liv., wie schon erwähnt, häufiger als die andern auch den blosen Abl. zu.

§ 50. Auf die Frage wann? finden sich im Abl. temporis ohne Attribut nur *initium* Alc. 5, 3. etc. und *bellum* in *bello strenuus* Dat. 1, 1. (vielleicht auch in *captus bello* Reg. 3, 3., wenn hier nicht, wie z. B. Alc. 4, 7: *superiores bello esse coeperunt* Instrumentalis anzunehmen ist), dagegen mit Attribut zunächst die rein zeitlichen Begriffe *tempus*, das bei *brevi* theils stehen bleibt (Milt. 2, 1. etc.), theils wegfällt (Them. 4, 4.), *dies* (ohne Attribut wird dafür *interdiu* Pel 2, 5. gesetzt), *nox* (nie *nocte* allein, statt dessen *noctu* Them. 4, 3. etc.), *mensis, annus, triennium, vigilia, aetas, aestas*, dann in zeitlicher Bedeutung die Wörter *vita*: *ab eo perpetua dissensit vita* Cato 1, 3., *iter*: *hoc itinere adeo gravi morbo afficitur* Hann. 4, 3. *bellum* Them. 2, 1. 4. u. oft, *proelium*: *eoque ipse dux cecidit proelio* Paus. 1, 2. Hier aber, (vgl. die Alc. 4, 7. entsprechenden Stellen Dat. 8, 4: *superior omnibus proeliis discederet* Hann. 4, 4: *utriusque exercitus uno proelio fugavit* u. ähnliche mit *proelio* o. *bello*, besonders wo diese Wörter, wie Ag. 4, 3: *bello superaret* attributlos sind) spielt schon die instrumentale Bedeutung mit. Ueber *ductu alcs* s. § 39. — Auch zur Bezeichnung des Zeitraums, innerhalb dessen etwas geschieht, dient der Abl., z. B. *regem paucis diebus interiturum* Milt. 3, 4. *vix decem annis unam cepit urbem* Ep. 5, 6. *ut annis triginta medicina non indiguisset* Att. 21, 1.

Zu dem Abl. tritt *in* (niemals verwendet Nep. *intra* oder *inter* temporal) hinzu, sei es dass das Substantiv attributlos ist: *non solum in bello, sed etiam in pace* Cim. 4, 1., so öfters *in bello* allein, wie *in proelio* Chabr. 1, 1. etc. *in pueritia* Att. 1, 3. *in praesentia* Milt. 7, 6. Them. 8, 4. Alc. 10, 5. und *in praesenti* Alc. 4, 2. Att. 12, 5. (auch das viel umstrittene *im-*

praesentiarum Hann. 6, 2. gehört wahrscheinlich hierher, da es sich am leichtesten als Zusammenziehung von *in praesentia rerum* erklärt; s. übrigens u. a. Dornheim a. a. O. p. 13 f.), sei es dass, wie z. Th. schon in den ebengenannten Fällen, der Ausdruck locale Bedeutung oder die des Geschehens innerhalb oder während eines Zeitraums hat: *in secundo proelio cecidit* Thras. 2, 7, *in eo bello cecidisset* Dat. 1, 2. *in Leuctrica pugna hic fuit dux delectae manus* Pel. 4, 2. *in quo proelio Alexandrum ut animadvertit* 5, 4. *ut inconsideratior in secunda quam in adversa .esset fortuna* Con. 5, 1. *horum in imperio tanta commutatio rerum facta est* Alc. 5, 5. *in hac conclusione alias incendit, alias disiecit* Eum. 5, 7. *in eo magistratu pari diligentia se Hannibal praebuit, ac fuerat in bello* Hann. 7, 5. *cuius in priori consulatu quaestor fuerat* Cato 2, 2. Auch das eigentliche Zeitmass *annus* wird Reg. 2, 3: *neque in tam multis annis cuiusquam ex sua stirpe funus vidit* (Cic. Top. 10, 44., nicht Caes.) so gebraucht, während Eum. 13, 1: *in his* (*annis*) wohl partitiv mit *unum* verknüpft ist; s. § 6. a. E. Für die Nüancirung des Gedankens durch Setzen oder Weglassen von *in* bei demselben Worte *proelium* könnten ausser Alc. 5, 5: *victi enim erant quinque proeliis terrestribus, in quibus ducentas naves triremes amiserant* noch Ar. 2, 1. Cato 1, 2. Belege sein, wenn an letztern Stellen nicht die blose Vermeidung des Gleichklangs anzunehmen nahe läge; s. § 52. a. E. Unter der Bedeutung von (bedrängten) Zeitverhältnissen steht Milt. 5, 1. der auch von Cic. gebrauchte Ausdruck *hoc in tempore*, während mit einem adjectivischen Attribut *hoc tam turbido tempore* Pel. 4, 1.

§ 51. Der **Abl. absolutus**, welchen wir als eine adverbiale Bestimmung des lat. Satzes hier gleich folgen lassen, (wobei wir indessen der Deutlichkeit wegen die Ausdrücke Subj. und Praed. aus der deutschen Uebersetzung herübernehmen), wird von Nep. über 220mal, fast immer zum Ausdruck eines temporalen Verhältnisses verwandt. Damit verknüpft sich manchmal, Milt. 4, 1. Paus. 2, 6. Alc. 5, 3. 4. 9, 1. Thras. 2, 2. etc., die Bedeutung der Causalität, die zuweilen, wie Milt. 3, 6., allein Statt hat, und Alc. 4, 5. Dion 8, 4. Timol. 5, 4. etc. die der Modalität, seltener die condicionale: Milt. 3, 2. 4. 5. Alc. 8, 4. Eum. 4, 3. 10, 4. Ham. 1, 5. Concessiv finde ich nur Att. 10, 4: *multis hortantibus tamen Attici memor fuit officii.* — In der Regel ist das Subject des Hauptsatzes zugleich logisches Subj. in dem mit dem Partic. perf. pass. gebildeten Abl. abs., in welchem Falle jedoch nur 2mal, Paus. 5, 1: *his rebus ephori cognitis* u. Hann 7, 4: *hoc responso Karthaginienses cognito,* das erstere mitten in den Abll. steht, oder es haben wenigstens, wie Milt. 7, 6: *causa cognita capitis absolutus pecunia multatus est,* Lys. 3, 5. Alc. 4, 5. etc. beide Theile dasselbe logische Subj. Verhältnissmässig selten ist das logische Subj. des Abl. abs. nicht identisch mit dem grammatischen oder logischen des Hauptsatzes, Alc. 9, 1: *at Alcibiades victis Atheniensibus non satis tuta eadem loca sibi arbitrans,* Dion 10, 1. Ham. 3, 3. etc. Das übrigens leicht aus dem Zusammenhang zu ergänzende ablativische Subj. fehlt Lys. 1, 5: *undique qui Atheniensium rebus studuissent, eiectis,* Ag. 6, 3: *adiunctis de suis comitibus,* s. § 6. a. E., u. Eum. 12, 2: *ut, quoad ille viveret, ipsi securi esse non possent, interfecto nihil habituri negotii essent* (s. Madvig, Lat. Spr. § 429. Anm. 2.), wovon aber das impersonale *composito* Dat. 6, 6. (s. § 47. und Gossrau, Lat. Spr. § 451.) wohl zu unterscheiden ist. — Die in über 150 Fällen des Praedicat bildenden Perfectparticipien (unter denen abgesehen von *factus* nur 2 deponentiale, *mortuo* Iph. 3, 2. Eum. 2, 1. *obortis* 9, 5., sich befinden) drücken Alc. 4, 5: *postquam autem se capitis damnatum bonis publicatis audivit* u. Att. 6, 2: *quod neque peti more maiorum neque capi possent conservatis legibus* nicht eine Vollendung, sondern eine Gleichzeitigkeit mit der Haupthandlung aus; s. Gossrau L. Spr. § 447. Anm. 1. Wenn schon dass Partic. praes. act. nur etwa 30mal vorkommt, so finden Adjective (s. § 47. a. A.) und Substantive (*duce* Ar. 2, 2. etc., *imperatore* Pel. 4, 2., *puerulo* Hann. 2, 3. *magistratibus* 7, 2. *consu-*

libus von Hann. 8, 1. an mehrmals) noch geringere Verwendung als Praedicate, und das Part. fut. hat, wie überhaupt in der älteren Prosa, so auch bei Nep. gar keine Stelle im Abl. abs. — Nur 2mal, Con. 4, 2. u. Hann. 3, 1. (s. § 32. a. E.) treten noch nominale Praedicate zu dem Part. perf. hinzu; etwas häufiger, Milt. 2, 1. 4. 5, 3. Chabr. 1, 2. Ep. 8, 1. Ag. 3, 2. Eum. 2, 1. Timol. 2, 1., ablativische Adverbialbestimmungen, die indessen nirgends das Verständniss irgendwie stören, da Ep. 8, 1: *qua defensione illis periculo liberatis* die meisten Abll. in einer Construction vereinigt. Andere Prosaiker, wie z. B. Caes. b. g. 7, 73, 2. gehen bekanntlich darin, wie in der Häufung. von Abll. abs. viel weiter. Während derselbe Caes. (s. Fischer II. p. 6.) bis zu 6 Abll. abs. unmittelbar hintereinander stellt, geht Nep. Eum. 4, 3: *equitibus profligatis, interfecto duce Cratero, multis praeterea et maxime nobilibus captis* nur bis zu dreien. Wie diese sind je 2 Abll. abs. einander coordiniert Them. 4, 1. Alc. 5, 7. Att. 22, 4. Hann. 10, 1., an letzterer St. mit Einschiebung des Hauptsatzsubjectes zwischen die beiden Ablativconstructionen: *Sic conservatis suis rebus Poenus illusis Cretensibus omnibus ad Prusiam in Pontum pervenit;* subordiniert Chabr. 1, 2. Tim. 3, 4. Pel. 3, 3. — Zum Schluss noch einige Bemerkungen über die Stellung der einzelnen Glieder. In der Regel geht das Subj. dem Praed. voran, doch nicht selten (c. 70mal) ist diese Folge umgekehrt, gewöhnlich bei verbalem (Milt. 4, 1. 7, 4. etc.), aber auch bei substant. (Dat. 3, 5. etc.) und adject. (Eum. 4, 3. etc.) Praed. Nur 2mal, Tim. 3, 4: *compluribus amissis navibus* u. Timol. 5, 4: *tota celebrante Sicilia,* steht das Praed. zwischen dem Subj. und dessen voraufgehendem Attributsadjectiv. Nebenbestimmungen durch Casus, Praepositionen, Adverbien werden gewöhnlich von Subj. und Praed. in die Mitte genommen: Milt. 2, 4. 4, 2. 5, 3. Them. 2, 3. Lys. 2, 1. etc.; seltener, Milt. 2, 1, 3, 1. Ar. 3, 3. etc., gehen sie voraus und nur Hann. 11, 2: *ducis nave declarata suis* schleppt das entferntere Object nach.

§ 52. Der Vocativ., nur 4mal bei Nep., pr. 1. Ep. 4, 3. 5, 5. Phoc. 4, 3., steht weder an erster Stelle der Rede noch ist er von der Interjection *o* begleitet. Ueber die Form *Menelida* Ep. 5, 5. s. N. I p. 41.

Praepositionen.

§ 53. Die Anastrophe (N. II p. 553 ff.) findet sich nur bei folgenden Praepositionen: *hanc iuxta* (Tac. öfters) Paus. 4, 4. *hunc adversus* (Sall. Jug. 101, 8.) Con. 2, 2. Tim. 4, 3. *Tauro tenus* (dieselben Worte Cic. r. Deiot 13, 35.) Con. 2, 3. *quam ante* (Cic. Att. 6, 1, 16.) Chabr. 3, 1. *Diomedonte coram* (Tac. Suet. öfters) Ep, 4, 2., von denen keine bei Caes. so gebraucht wird. *Cum* geht bei Nep. eigenthümlicherweise immer dem Relativum voran (s. Milt. 1, 2. 2, 3. Them. 8, 3. etc.), dagegen findet sich oft *secum,* je einmal *tecum* u. *nobiscum.* — Hängt von der Praep. ein Substantiv mit Attribut ab, so steht jene zuweilen nicht der Regel gemäss beiden voran, sondern zwischen dem Attrib. und dem Substant. Jenes ist in diesem Falle entweder ein Pron. relat: *quam ob causam, quas ob causas,* s. § 39. *qua ex re* Chabr. 2, 3. etc. *qua de re* Alc. 4, 3. *qua in re* Att. 6, 5. (dieselbe Verbindung auch indefinit nach *nisi* und *ne* Dion 1, 3. Att. 11, 6.) *quo in imperio* Milt. 7, 1. *quo in numero* Att. 1, 4. oder das Demonstrativum *hic*

am Anfang einer Periode: *hoc in tempore* Milt. 5, 1. *his de rebus* Paus. 2, 4. *his ex manubiis*
Cim. 2, 5. *has adversus copias* Dat. 8, 3. *hanc post rem gestam* Hann. 5, 3. oder endlich ein
mit Nachdruck vorangestelltes Adjectiv, nämlich *magnus*, pr. 5: *m. in laudibus*, Milt. 7, 4.
Them. 8, 2. Con. 5, 3. Dion 8, 2. Ep. 4, 1. Phoc. 2, 1. *admirandus, a. in modum* Ep. 3, 2.
nullus, n. in re Att. 12, 2. *maior, m. cum labore* Them. 4, 4. *summus, s. cum eius offensione*
Att. 7, 2. Sogar das zum Adjectiv gehörige Adverb steht Dat. 6, 1: *non ita cum magna manu*
(s. Nipp. gr. A. z. St.) u. Pel. 2, 3: *tam ab tenui initio* voran. Die Stellung des Genitivs bei
einem Praepositionalausdruck ist schon § 2, II 3. besprochen. — Während eine selbstständige
Conjunction nur Eum. 13, 1: *post autem Alexandri Magni mortem* (B. Afr. 59.) u. Att. 6, 2.
(s. u. und Nipp. gr. A. z. St.) direct hinter die Praep. tritt (dagegen *in his autem* Ar. 1, 2. *ab
hoc tamen viro* Dat. 7, 1.), wird mehrmals *que* so gestellt: *deque ea re* o. *iis rebus* Lys. 4, 1.
Dat. 11, 1. Phoc. 3, 2. *exque ea re* Cato 2, 1. *proque pristina amicitia* Eum. 4, 4. *sineque
ulla stipulatione* Att. 9, 5., an den beiden letzteren Stellen bei Wiederholung der Praep.; s.
Süpfle a. a. O. II p. 4. Oefters jedoch schliesst es sich, was auch bei anderen Prosaikern das
Gewöhnliche ist, dem der Praep. folgenden Wort an: *ab eoque* Tim. 1, 2. *ab iisque* Dat. 6, 6.
a barbarisque Timol. 1, 1. *ad eumque* Dion 4, 2. *ad regemque* Dat. 7, 1. *ob eamque rem* s. § 39.
in Hispaniamque Ham. 4, 1. *in Italiamque* Hann. 3, 4. *in foroque* Cato 1, 1. *in primisque*
Att. 1, 2.

Die Auslassung oder die Wiederholung von Praepp. hat Fleckeisen a. a. O. p. 309—312.
besprochen und zugleich nachgewiesen, dass der cornelian. Gebrauch mit dem von Wunder, Varr.
lectt. Cic. e cod. Erf. p. XVII ff. u. z. Planc. p. 120. für Cic. aufgestellten Canon nur zum
Theil übereinstimmt. Da er hierzu nur eine (für seinen Zweck ausreichende) Auswahl von
Stellen verwendet, so stelle ich in Folgendem der Aufgabe meiner Arbeit entsprechend das ganze
Material zusammen. Mit Ausnahme von *pro hominis dignitate proque pristina amicitia* Eum. 4, 4. u.
sine fenore sineque ulla stipulatione Att. 9, 5., wo des Nachdrucks wegen die Praep. 2mal gesetzt ist, wiederholt sie Nep. nie bei den copulativen Conjunctionen *et, que, ac* o. *atque:* Milt.
3, 1 (*ex Ionia et Aeolide*). 4. 7, 3. Them. 8, 5. Alc. 5, 4. Thras. 1, 4. 3, 1. Dion 5, 5. 6, 3.
8, 2. Chabr. 2, 3. Tim. 3, 4. Dat. 2, 3. 5. Ep. 6, 1. Ag. 8, 6. Eum. 5, 1. Reg. 3, 2. Hann.
2, 3. Cato, 3, 5. Att. 8, 1. 12, 1. — Milt. 8, 2 (*in imperiis magistratibusque*) Them. 6, 5. 7, 4.
Ar. 3, 1. Alc. 4, 4. Thras. 1, 4. Dion 8, 4. Iph. 1, 3. Dat. 8, 3. Ep. 1, 4. 7, 4. 10, 4. Pel. 1, 3.
2, 1. 3, 3. Phoc. 1, 2. Timol. 1, 4. Cato 1, 1. 3, 4. Att. 10, 6. 11, 2. — Dion 8, 1 (*sine ulla
religione ac fide*). Iph. 1, 3. Eum. 3, 2. 7, 2. 9, 6. — Ag. 7, 3 (*ab regibus ac dynastis civitatibus-
que*). Eum. 13, 4; auch nicht bei dem Ayndeton *sic enim omnia de studiis principum, vitiis
ducum, mutationibus rei publicae perscripta sunt* Att. 16, 4. Es beruht das auf einer gewissen
Nachlässigkeit der cornel. Diction, da in manchen Fällen, wie besonders an der mit Recht von
Fleckeisen hervorgehobenen Stelle Timol. 1, 4: *per haruspicem communemque affinem* die Deutlichkeit unbedingt die Wiederholung, welche von Cic. nur bei nothwendiger Zusammenfassung zu
einem Gesammtbegriff unterlassen wird, verlangt hätte. — Auch in folgenden Fällen der Dis-
junction steht die Praep. natürlicherweise nur einmal: *cum ei paterent propter vel gratiam vel
dignitatem* Att. 6, 2. u. *ut modo hi, modo illi in summo essent aut fastigio aut periculo* ib.
10, 2., während Alc. 1, 1: *nihil illo fuisse excellentius vel in vitiis vel in virtutibus* das vor-
gesetzte *vel* die Wiederholung verlangt. Werden sonst zur Coordination zwei (oder mehrere)
einander entsprechende Glieder verwandt, so wird in der Regel die Praep. wiederholt: *quod cum
in aliis rebus declaravit, tam maxime in Amyntae liberis tuendis* Iph. 3, 2. *cum a ceteris
scriptoribus, tam eximie a Xenophonte collaudatus est* Ag. 1, 1. *illam ad athletarum usum,*

hanc ad belli utilitatem pertinere Ep. 2, 4. (s. auch Chabr. 2, 3.) *quem primo apud Rhodanum, iterum, apud Padum, tertio apud Trebiam fugarat* Hann. 6, 1. *si tam in gerendo bello consiliis eius parere voluisset, quam in suscipiendo instituerat* 8, 3. *custodiut non tam a ceteris quam ab Haunibale* 9, 4. *neque de Graecis, neque de Italicis rebus* Cato 3, 2. *non ad religionem, sed ad coniurationem pertinere* Alc. 3, 6. *non ad Eumenis principia, sed ad regia conveniretur* Eum. 7, 3. *hiberna sumpserant non ad usum belli, sed ad luxuriam* 8, 3. *non ex vita, sed ex domo in domum migrare* Att. 22, 1. (Auch *ut iis ad vitam agendum, non ad ostentationem uteretur* Att. 17, 3., wo nur die Reihenfolge der beiden Gegensätze vertauscht ist, gehört hierher.) *non solum in bello, sed etiam in pace* Cim. 4, 1. *ut nulla in re re usus sit ea nisi in deprecandis amicorum aut periculis aut incommodis* Att. 12, 2. *inconsideratior in secunda, quam in adversa esset fortuna* Con. 5, 1. *satius esse in Asia, quam in Europa bellum geri* Ag. 2, 1. *quod multo apud Graios honorificentius est quam apud Romanos* Eum 1, 5. *cum quo a condiscipulatu vivebat coniunctissime, multo etiam familiarius quam cum Quinto* Att. 5, 3. An einigen Stellen aber, die an Caes. b. g. 1, 44, 11. und an vielen Beispielen aus Liv. (s. Kühnast p. 367 ff. Ueber Cic. s. Ottos Ausg. v. De fin. p. 404 ff.) Parallelen haben, steht sie auch hier nur einmal: *non adversus patriam, sed inimicos suos bellum gessit* Alc. 4, 6. *quae non ad privatam, sed**) *publicam rem pertineret* 3, 3. *non solum inter barbaros, sed etiam omnes Graeciae civitates* Con. 5, 2. *neque minus propter mores quam affinitatem* Dion 1, 3. *neque minus in rebus gerendis promptus quam excogitandis erat* Them. 1, 4. *non minus in vita quam victu* Alc. 1, 3.**) Auch beim Relativum fehlt (wie bei Cic. Tusc. 1, 46, 111. etc. Caes. b. g. 1, 27, 2. Liv. 10, 31, 13. etc. s. Süpfle a. a. O. II p. 479.) die dem correspondierenden Demonstrativum beigefügte Praep. Cim. 3, 1: *incidit in eandem invidiam quam pater suus*, Ar. 2, 1. u. Cato 1, 2: *in proelio, quo.* Hann. 8, 4. (s. § 48, 1.) findet der blose Abl. *quo* vielleicht auch auf diese Weise seine Erklärung. — Ergiebt sich aus den zahlreichen eben citierten Stellen die Abneigung unseres Autors die Praep. zu wiederholen, so können wir nicht umhin, uns gegen Fleckeisens Forderung Chabr. 3, 4: *Conon plurimum Cypri vixit, Iphicrates in Thraecia, Timotheus Lesbi, Chares Sigei* statt der hs. *Lesbo* (nur **M n** haben *Lesbi*) u. *Sigeo* zu lesen, einigermassen zu sträuben, obgleich er für seine Ansicht Chabr. 2, 3. Ep. 2, 1. 4. Phoc. 3, 3. Hann. 6, 1. geltend machen kann. Auch Alc. 2, 2. stimmen die guten Hss. überein in: *amatus est a multis, in eis Socrate.*

§ 54. Den Accusativ regieren bei Nep. die Praepositionen:

Ad. Es bezeichnet die räumliche Annäherung an einen Zielpunkt oder die Richtung wohin bei transit. und intransitiven Verben in eigentl. u. uneigentl. Sinn: *in Asiam ad regem miserant* Milt. 4, 2. *ad officium redire* 7, 1. *ad meridiem vergit* Cim. 2, 4. etc. einmal Hann. 13, 2: *in iis (liber) ad Rhodios* auch bei einem Substantiv; mit finaler Bedeutung verbunden: *epistulam*

---

*) Auf Grund der oben citierten Alc, 3, 6. Eum. 7, 3. 8, 3 verlangt Fleckeisen ad auch hinter s e d, wo es in der That **M R** wiederholen.

**) So wahrscheinlich unter andern Umständen der Ausfall eines i n hinter m sein mag, so bedenklich müssen wir sein, Them. 1, 4. u. Alc. 1, 3. in hinter q u a m einzuschieben, was ebenfalls Fleckeisen thut. Nep. ist nun einmal weder ein correcter Stilist, noch ein logischer Kopf (man lese u. a. nur Hann. 2, 1.). Wo entweder die guten Hss. oder die Uebereinstimmung einer in Betracht kommenden Zahl von Parallelstellen oder beide zusammen es an die Hand geben, da sind wir gerne bereit unserm bis auf die neueste Zeit so sehr entstellten Autor durch eine offenbare Verbesserung eine Wohlthat zu erweisen, wo das aber, wie in dem besprochenen Praepositionalgebrauch, nicht der Fall ist, wird es wohl gerathener sein, nicht der lieben Consequenz wegen Gefahr zu laufen, den Schriftsteller selbst statt der Tradition zu corrigieren.

ad Artabazum accepisset Paus. 4, 1. *ad ephoros sibi testimonium daret* Lys. 4, 1. *ad internecionem* Eum. 3, 1. Die feindliche Bedeutung von *contra* u. *adversus*, welche nicht in der Praep. liegt, ergiebt sich Dion 5, 4. u. Dat. 4, 5. nur aus dem Zusammenhang. Wie bei *mitto* u. *scribo* das entferntere Obj. im Dat. steht oder mit *ad* verbunden wird, so wechselt auch bei *defero* der Dat. mit der Praep., während *perfero* u. *refero* ausser Dat. 9, 2: *verum falsumne sibi esset relatum* der Regel nach *ad* bei sich haben; s. § 19. Das Geschehen „in der Nähe von“ oder „bei“, eigentl.: *sepultus est ad quintum lapidem* Att. 22, 4., uneigentl.: *citharisare et cantare ad chordarum sonum* Ep. 2, 1. *ad manum habuit* Eum. 1, 5. Zeitlich steht *ad* zur Angabe der Richtung Them. 10, 3. Iph. 3, 2. etc., der Ruhe *ad adventum imperatorum de foro decesserat* Att. 10, 2. Das Bestimmungsziel wird ausser bei den § 26. erwähnten Adjectiven, denen noch *alacer* Paus. 2, 6. u. *levis* Iph. 1, 4. beizufügen sind, bei verschiedenen Verben durch *ad* ausgedrückt: *ad supplicium essent dati* Paus. 5, 5. (Nipp. gr. A. z. St.) *exercitus contrahebatur ad bellum* Dat. 3, 5. *impellantur ad perniciem* 5, 4. *exercebatur ad eum finem* Ep. 2, 5. *ad supplicium tradi* Phoc. 4, 2. *ad bellum proficisci* Alc. 4, 1. Tim. 3, 2. *hiberna sumpserant non ad usum belli, sed ad luxuriam* Eum. 8, 3. Sehr häufig aber werden Gerundia oder Gerundiva mit *ad* zur Bezeichnung des Zweckes verwandt; worüber später. Ueber die Wiederholung von *ad* nach Compositis ist §§ 22. u. 31. gesprochen, seinen limitativen und modalen Gebrauch s. §§ 43. u. 47.

Adversus tritt Pel1, 3: *adv. resistere*, Ag. 4, 6: *adv. arma tulerant* als Adverb auf, wie es in der Prosa vor Liv. nicht vorkommt. Als Praep. steht es häufig zur Angabe feindseliger Handlung oder Gesinnung mit dem Acc. von Personen oder persönlichen Begriffen, Phoc. 4, 1. auch *adv. populi commoda steterat*. Nur Hann. 12, 3: *quod adv. ius hospitii esset* heisst es „im Widerspruch mit.“ Die Form *adversum* findet sich an 3 Stellen, Them. 9, 2. Chabr. 3, 1. Att. 4, 2., vor *p, r, e,* vor denen jedoch mehrmals auch *adversus* steht. — Das Compositum *exadversus*, öfters bei den Komikern, bei Cic. nur Div. 1, 45, 101., auch bei Plin., verwendet Nep. Thras. 2, 7: *exadv. Thrasybulum* (feindl.), Them. 3, 4: *exadversum Athenas* „gegenüber.“

Ante ist öfters Adverb, als welches es einigemale die Form *antea*, aber nicht in Verbindung mit dem Abl. mensurae hat; s. § 41. Als Praep. hat es Alc. 3, 2. Chabr. 3, 2. Dat. 3, 2. locale, Ar. 2, 3. u. ö. temporale Bedeutung.

Apud „bei“ von Them. 3, 2. an besonders oft vor Namen von Oertlichkeiten, bei denen Schlachten oder andere kriegerische Ereignisse stattfanden. Die bekannte Ortsbestimmung durch den Namen des Volkes statt des Landes *apud Massagetas cecidit in proelio* Reg. 1, 2. kehrt wieder in *per Ligures* Hann. 4, 2. *in Persas* Ag. 4, 1. *in Paraetacis* Eum. 8, 1. *in Lucanis* Hann. 5, 3. *in Sabinis* Cato 1, 1. *ex Medis* Eum. 8, 4. Vor Personen steht es in ganz eigentl. räumlicher oder in geistiger Bedeutung Alc. 11, 4. etc. Pel. 5, 1. etc. Einigemale, Them. 7, 2. 4. 10, 1. Lys. 4, 3. Phoc. 3, 3., giebt es die Person an, von und zu der man redet, Them. 10, 4: *ap. plerosque scriptum est*, den Schriftsteller, Phoc. 2, 4: *ap. eum summum esset imperium*, wie sonst *penes*, den Inhaber einer Macht, wozu sich keine Parallele im guten Latein findet.

Circa, adverbiell zur Bezeichnung der Umgebung einer Person *ii, qui circa erant* Eum. 10, 4. (so öfters bei Liv., nicht bei Caes. Sall. u. wahrscheinlich auch nicht bei Cic.). Als Praep. steht es Alc. 10, 1. und Ag. 5, 1. auf die Frage wohin?

Circiter ist, wie bei Liv., nur Adverb und verallgemeinert Zahlbegriffe, Milt. 4, 2. etc.

Contra. Statt des einfachen *c.* „dagegen“ (Them. 4, 5. Alc. 5, 3. 8, 1. Ep. 6, 1.) gebraucht Nep. pr. 6. Alc. 8, 4. Con. 5, 4. Iph. 3, 4. Ep. 5, 6. 10, 4. Ag. 2, 4. 7, 4. *contra ea*, was auch (s. Nipp. gr. A. z. pr. 6.) Caes. Sall. Liv., nicht Cic., haben. Sonst findet es sich als

Praep. nur noch Eum. 3, 5. u. Att. 4, 2. in feindlichem Sinn, in welchem übrigens Nep. nach dem Vorgang der Komiker, dem von Liv. an die Späteren sich immer mehr anschliossen,

Erga (s. § 8.) Alc. 4, 4. Dat. 10, 3. Ham. 4, 3. Hann. 1, 3. 10, 1. gebraucht. Nur Lys. 2, 2: *praecipua fide fuerat erga Athenienses* steht es in der classischen Bedeutung.

Extra auf die Frage wo? Them. 6, 2. Ag. 6, 2., wohin? Hann. 5, 2.

Inter „zwischen" zur Angabe der Oertlichkeit Them. 3, 2. Ag. 8, 6. Eum. 3, 2. „unter" bei Personen rein local Dat. 9, 3. Eum. 1, 2., geistig Milt. 2, 3. Alc. 1, 1. Con. 5, 3. Att. 1, 3. Ein gegenseitiges Verhältniss bezeichnet es Milt. 4, 4. Paus. 4, 2. Cim. 3, 3. etc. und es wird durch *inter se* (s. Krebs, Antibarb. s. v. *inter*) das reciproke Verhältniss vollständig ausgedrückt, sei es dass dieses ein Dativ- oder ein Accusativobject verlangt: *obtrectarunt inter se* Ar. 1, 1. Thras. 1, 5. *inter se timerent* Dion 4, 1. Eum. 4, 2. S. noch § § 6. a. E. u. 22, 2.

Intra steht wie *extra* auf die Frage wo? Dat. 6, 4. und wohin? Ag. 5, 3. Hann. 11, 4.

Iuxta, in der Prosa erst nach Cic. eingebürgert, ist Tim. 2, 3. örtliches Adverb, Paus. 4, 4. Alc. 8, 5. Dat. 1, 1. Reg. 2, 1. Att. 22, 4. Praep.

Obs. § 39.

Penes Them. 7, 2. Eum. 11, 3. Att. 8. 1., wo es der Regel gemäss die Person bezeichnet, welche im Besitz einer Gewalt ist.

Per räuml. zur Bezeichnung des Durchgangs Dion 9, 6. Pel. 1, 2. Eum. 8, 5. 6. Hann. 4, 2. (s. *apud*), der Ausdehnung über Att. 21. 3. Instrumental (s. § 40.) ist es auch in *per se* Thras. 1, 1. Modal, s. § 47. a. E.

Post als örtl. Adverb nur Eum. 5, 5: *deinde post verberibus cogebat exultare*, öfters zeitl. mit einem Abl. mensurae, s. § 41. Als Praep. an vielen Stellen, aber nur zeitl.

Praeter nie local; „gegen" Milt. 2, 5: *pr. opinionem*, Hann. 12, 4: *pr. consuetudinem*; „vor" zur Bezeichnung des Vorzugs Ar. 1, 4: *pr. ceteros*. In der Bedeutung „ausser" fügt es entweder hinzu Milt. 5, 1. Reg. 1, 1. Att. 1, 3. 2, 4. 6, 3. oder es scheidet aus, sowohl in positiven Sätzen, Alc. 3, 2. Dion 5, 5., wie in negativen, Alc. 8, 1. Thras. 3, 1. Hann. 3, 4. Att. 14, 3. In jenem Falle ist dafür Tim. 4, 5. *exceptis* verwandt.

Prope als Adverb „fast" Phoc. 2, 1. Ham. 2, 3. Att. 17, 1; als Praep. im Positiv nur Them. 10, 3: *pr. oppidum*, im Comparativ c. acc. Milt. 7, 2., c. dat. Hann. 8, 3. s. §§ 22, 2. u. 26.

Propter gebraucht Nep. so wenig wie Caes. in seiner localen Grundbedeutung, sondern stets causal, s. § 39.

Supra adverbiell auf eine frühere Stelle des Buches hinweisend bei *dico* etc; „darüber hinaus" Att. 4, 1: *ut s. nihil posset addi* (Cic. Verr. 3, 33, 77. Att. 13, 19, 3.); in örtlicher Bedeutung c. acc. Alc. 9, 1. Dat. 4. 1.

Usque Eum. 12, 3. Hann. 2, 5. 7, 1. Cato 2, 4. 3, 4. Att. 16, 3. mit *ad* verbunden und wie *u. eo* Ep. 9, 3. nur zeitlich; *u. eo* „so sehr" Dion 4, 5. Chabr. 1, 3. Pel. 3, 1.

§ 55. Praepositionen, welche den Ablativ regieren, sind folgende:

A, ab. Nur die erstere Form steht vor *b, d, f, m, p, q, v, x*; *ab* dagegen findet sich, ausser vor den Vocalen und *h*, vor *g: ab Gallia* Hann. 3, 4. (nach der bessern Ueberlieferung) und vereinzelt vor *c, j, l, n, r, s, t* (N. II 533.), denen sonst *a* vorausgeht: *ab consulatu* Att. 16, 3. *ab custodibus* Alc. 4, 4: (nach **A B P**), aber *a cust.* Eum. 12, 4. *ab ianua* Hann. 12, 4. neben *a iudicio* Ep. 8, 5. *ab Lacedaemoniis* Ar. 2, 2. mit der Variante *a L.* in **B M u**, während Milt. 4, 3. Thras. 1, 5. Ep. 9, 1. einstimmig *a Lac.* überliefert ist; *a Lysandro* Con, 4, 5. in allen Hss; *ab Lys.* 1, 2. nur in **P**; *ab natura* Dion 1, 2., aber *ab nullo* mit der Variante *a n.* in **B P** Eum. 10, 3; am häufigsten *ab* vor *r: ab re* Pel. 3, 1. *ab rege* Hann. 12, 2.

u. *ab regibus* Ag. 7, 3. (doch *a r.* in **B P**), woneben *a rege* Ag. 8, 6. Phoc. 1, 3. Hann. 12, 3; *ab Romanis* u. *ab Romulo* Hann. 2, 3. u. Att. 20, 3. in den bessern Hss.; ebenso vor *septentrionibus* Milt. 1, 5. *Seleuco* Reg. 3, 2. *se* Att. 4, 2. und vor *tenui* Pel. 2, 3. *ab* feststehend.

Der Gebrauch der Praep. ist zum grossen Theil schon in den §§ 28. 33. 38. 39. 49. behandelt. Es bedarf hier nur noch weniger Nachträge. Die räumliche Grundbedeutung hat abgesehen von *a* bei *mitto, ordior, proficiscor, surgo* etc., von *ab initio* u. dergl. entweder ganz eigentl. oder auch übertragen ihre Stelle bei *disicio, a fundamentis* Timol. 3, 3. Hann. 7, 7. *enumero* Att. 18, 3. *praedas facio* Chabr. 2, 3. *prospicio* Hann. 12, 4. *redimo* Dion 10, 2. *refero* Tim. 1, 2. *repulsam fero* Paus. 2, 5. *vindico* Thras. 1, 4. *custodio* Hann. 9, 4. *defendo* 10, 5. *sto* Dat. 6, 6. *audio* Them. 7, 2. *comperio* Dat. 3, 4. Die Angabe des Ausgangs oder Ursprungs bei *accipio* Con. 4, 5. etc. *habeo* Dion 1, 2, Att. 7, 2. *periculum est* Dion 8, 5. *vereor* Dat. 2, 3. *pereo* Reg. 3, 3. *appellor* Iph. 1, 4. geht in die causale Bedeutung über; s. § 39. a. E. Zeitlich sind *ab adulescentia* Cato 2, 4. 3, 2. *a condiscipulatu* Att. 5, 3. *ab consulatu* 16, 3. *a puero* Cim. 2, 1.

Clam, bei Cic. und Caes. nur je einmal als Praep. (Att. 10, 12, 5. b, c. 2, 32, 8.) st nur Adverb Paus. 2, 2. etc.

Coram nur Ep. 4, 2: *Diomendonte coram* und 6, 4: *coram conventu* (s. Nipp. gr. A. z. St.)

Cum, s. §§ 22. 40. 47. Wie aus den § 22. genannten Verben ist aus *communis* Thras. 1, 4 etc. *cum* wiederholt. Als Ausdrücke der freundlichen und feindlichen Beziehung werden mit ihm verbunden *ago* Cim. 1, 3. etc. *mihi est alqd* Alc. 10, 2. *loquor* Paus. 4, 4. *bello* Timol. 2, 3. etc. *bellum gero* Lys. 1, 1. Iph. 2, 1. (anders Chabr. 3, 1: *cum Aegyptiis* „im Bund mit") b. *suscipio* Dat. 11, 1. *contendo* Ar. 1, 1. etc. *contentionem habeo* Ag. 1, 2. *decerno* Hann. 4, 1. *dimico* Milt. 1, 2. etc. *pugno* Dat. 6, 6. Ep. 10, 3. *mihi negotium, res est* Dat. 7, 1. Pel. 1, 3. *in simultate sum* Att. 17, 1. — *facio* Ag. 2, 5. *sentio* Phoc. 3, 1. *sto* Eum. 8, 2. *amicitiam facio* Alc. 4, 7. etc. *in amicitia sum* Hann. 2, 4. *bellum compono* Hann. 6, 2. 7, 1. *in gratiam redeo* Alc. 5, 1. etc. *mihi hospitium est* Them. 8, 3. *pacem facio* Ham. 7, 2. etc. *societatem facio* Them. 8, 2. *s. habeo* Paus. 3, 5. *vivo, coniuncte* Att. 10, 3. *sic* 16, 1. Oft verbindet Nep. *simul* mit *cum*, aber nie *una*. — Für *et* mit dem Dat. eines Nomens, wie Caes. b. g. 1, 17, 4. steht *cum* nicht, wohl aber für *et* mit dem Nom. oder Acc.

De, s. §§ 6. a. E. 22, 1. Local in eigentl. und in übertr. Bedeutung ist es ausser bei den Verbis der Trennung (s. § 49.) nur Timol. 4, 2: *de vehiculo dicebat*, übertr.: *de communi aerario dotibus datis collocarentur* Ar. 3, 3. *de re publica nihil ceperit* Ep. 3, 4. *de eo sumptum esse supplicium* Eum. 12, 1. Viel häufiger aber heisst es „in Betreff, über, von", zunächst bei den Verbis *audio commemoro comperio, defero, delibero, detraho, divino, exploro, expono, exprobo, palam fit, perfero, praenuntio, rescisco, tracto* (s. § 29.), bei welchen der Praepositionalausdruck geradezu das nähere Object vertritt; dann bei den Verbis *coeo* Att. 8, 4. *cogito* Hann. 2, 6. *colloquor* Dion 2, 4. Att. 8, 4. *conicio* Them. 1, 4. *conscribo* Dion 3, 2. *consentio* Phoc. 2, 2. *constituo* Eum. 12, 1. *contendo* Ag. 1, 4. *credo* Con. 5, 4. *decerno* Timol. 3, 5. *delibero* Eum. 7, 3. *despero* Milt. 4, 5. Eum. 9, 2. *dico* Lys. 4, 3. (vgl. *satis de hoc* Alc. 11, 6.) *dimico* Tim. 4, 3. etc. *disputo* Ep. 3, 3. *enumero* Lys. 2, 1. *existimo* Dion 7, 3. *expono* 3, 2. *facio* Them. 2, 6. Att. 18, 4. *iudico* Them. 1, 4. etc. *peroro* Ep. 6, 3. *perscribo* Pel. 3, 2. Att. 16, 4. *persequor* Cato 3, 5. *polliceor* Them. 10, 4. *praedico* Alc. 11, 2. *profero* Lys. 2, 1. *quaero* Pel. 3, 1. *refero* Tim. 4, 6. *reputo* Alc. 4, 4. *requiro* Att. 20, 2. *scribo* Them. 10, 4. etc. *spero* Milt. 1, 1. *timeo* u. *pertimesco* s. § 21. *tracto* Eum. 5, 7. und den Redensarten *certamen est* Them.

6, 3. *contentionem habeo* Ag. 1, 2. *consilium capio* Eum. 7, 2. *in colloquium venio* Dat. 11, 1. *fama exit* Hann. 9. 2. *f. perfertur* Them. 2, 6. Ag. 8, 3. *f. pervenit* Dat. 6, 1. *fidem do* 10, 1. *iudicium fit* Phoc. 3, 4. *in ius eo* Att. 6, 5. *librum facio* Cato 3, 5. *memoriam* u. *memoriae prodo* Hann. 8, 2. Alc. 1, 1. *mentionem facio* s. § 11. *bene mereor* Paus. 4, 6. Phoc. 2, 2. *mitto legatos* Them. 6, 4. Phoc. 3, 2. *m. nuntium* Alc. 4, 3. u. ohne näheres Object Con. 5, 3. *habeo quaestionem* Alc. 4, 1. *h. sermonem* Ep. 3, 3. *suffragium fero* 8, 5. *tempus do* Them. 9, 4. Auch bei *liber* steht *de* Hann. 13, 2. Att. 18, 6. Dass auch Paus. 2, 4: *his de rebus si quid geri volueris* hierher gehört, dass *de* also nicht partitiv ist, zeigt, abgesehen von dem Sinn des Satzes, die ganz ähnliche Stelle Alc. 4, 1: *si quid de se agi vellent.*

Ex, vor Vocalen, *h* und in der Regel auch vor Consonanten (N. II 537 ff.); *e* nur an folgenden wenigen Stellen: *e civitate* Alc. 6, 2. *e contrario* Iph. 1, 4. etc. *e fuga* Hann. 6, 4. *e navi, navibus* Alc. 6, 3. Milt. 7, 2. *e numero* Dion 9, 3. *e re publica* Att. 6, 2. *e servitute* Thras. 1, 2. — Das aus dem Gebiete des räuml. *ex* besonders zu erwähnende *ex Medis* Eum. 8, 4. ist § 53. unter *apud*, andre Gebrauchsweisen in den §§ 6. a. E. 28. 38. 39. 40. 47. 49. besprochen. Zeitlich ist es allein Timol. 3, 2: *ex maximo bello otium totae insulae conciliavit,* stofflich in eigentl. und in uneigentl. Sinn: *muri ex sacellis sepulchrisque constarent* Them. 6, 5. *ex praeda tripodem posuisset* Paus. 1, 3. dann Cim. 2, 5. Tim. 4, 1. 2. Att. 5, 2. 7, 1. Aus dem Begriff des Stofflichen entwickeln sich die z. Th. schon ursächlichen Bedeutungen „gemäss, nach, zu Folge": *ex pacto* Milt. 2, 4. *ex sententia* Alc. 7, 1. Phoc. 3, 4. Ham. 3, 1. *ex more Persarum* Con. 3, 2. *ex quibus de ceteris possent iudicare* Ep. 6, 2. *ex senatus consulto* Hann. 7, 3. *ex foedere* 7, 5. *heredem fecit ex dodrante* Att. 5, 2. *ex ephemeride* 13, 6. „zum Nutzen" *e re publica* 6, 2.

Prae nur Eum. 10, 4: *omnes prae illo parvi futuros,* wo es zur Vergleichung dient*)

Pro, nirgends rein local, „Für" im Sinne des Schutzes: Milt. 7, 2: *pro se dicere* Thras. 2, 4., der Stellvertretung Cim. 1, 3. Iph. 1, 4. Ep. 4, 2., wozu auch Dion 10, 1: *pro noxiis conciduntur* u. Dat. 6, 4: *Mithrobarzanem profectum pro perfuga* (Caes. b. g. 3, 18, 3. Liv. 27, 15, 11.) gehören; der Belohnung Them. 8, 7. Thras. 4, 1. „Gemäss": Thras. 2, 4. Ep. 3, 5. Eum. 4, 4. Cato 1, 3. Att. 2, 2.

Procul steht gemäss dem Gebrauch Ciceros u. Caesars als Adverb entweder allein, wie Dat. 4, 5. oder in Verbindung mit *ab* Them. 8, 7. etc. und *in* Milt. 7, 3.

Sine besonders oft in verneinten Sätzen, mehrmals mit *non* zur Litotes verbunden, z. B. *non sine magna multorum consensione* Alc. 3, 3; einigemale vor *ullus* Dion 8, 1. etc.

Tenus und Con. 2, 3. s. § 52. a. A.

§ 56. Mit dem Accusativ und mit dem Ablativ werden nur *in* u. *sub* verbunden. In c. acc. steht sehr oft räuml. in eigentl. und in uneigentl. Sinn (Them. 8, 4. Dat. 8, 5. Att. 9, 6. etc.) auf die Frage wohin? Abgesehen von dem schon unter *apud* besprochenen *in Persas* Ag. 4, 1. verdient hier nur *Thurios in Italiam pervectus* Alc. 4, 4. der Erwähnung. Zeitlich ist es bei *in crastinum* Pel. 3, 2. *in diem* Att. 9, 5. *in singulos menses* 13, 6. *in dies* 21, 4; final Milt. 7, 6. Cim. 2, 2. Tim. 3, 2. Dat. 11, 1. Ham. 3, 2. Hann. 6, 2. Die Gemüthsstimmung drückt es aus Alc. 5, 6: *in captos clementia fuerant usi,* Thras. 1, 1. Dion 7, 3. Iph. 3, 3. Dat. 5, 6. 9, 1. Ep. 6, 1. Pel. 5, 2. Eum. 6, 2. Hann. 2, 3. Att. 10, 4. 17, 2; vgl. § 7.

---

*) Ep. 4, 2: *orbis terrarum divitias accipere nolo prae patriae caritate* hat Halm nach Puteanus' Conj. *prae* statt des hs. *pro* in den Text aufgenommen.

S. auch §§ 22. 28. 31. 35. 47. — *In* c. abl. ist die am häufigsten vorkommende Praepositional-verbindung. Oertlich bezeichnet es in eigentl. und in uneigentl. Sinn (pr. 4. Iph. 2, 4. Phoc. 2, 3. etc.) den Ort, in, an oder auf dem etwas geschieht oder ist; vgl. §§ 4. a. E. 16. 23. 32. 48. Auch der § 6. a. E. erwähnte partitive Gebrauch schliesst sich hier an. In allgemeinerer Bedeutung bezeichnet *in* den Boden, auf dem, die Verhältnisse, in denen etwas geschieht oder sich befindet, z. B. *in ea re* Milt. 2, 2. *in quo* Them. 2, 3. etc. *quo in imperio* 7, 1. *in filio suam vim exer-cuit* Dion 6, 2. *in eo magistratu* Hann. 7, 5. *in sestertio vicies* Att. 14, 2. öfters in causalem, instrumentalem, limitativem Sinn; s. §§ 39. 40. 43. Das temporale *in* s. § 50.

Sub regiert ausser Pel. 3, 2: *sub pulvinum subiciens* (s. § 22, 1.) nur in den Redens-arten *s. potestatem, imperium redigere* Milt. 1, 4. 2, 5. Paus, 2, 4. Tim. 2, 1. den Acc.; den Abl. räuml. Paus. 4, 4. 5, 2. Eum. 5, 7. — Milt. 5, 3. Att. 18, 6; von der Unterordnung: *s. po-testate, imperio* Milt. 3, 2. Con. 4, 4. Dion 5, 5. Eum. 7, 1. Zeitlich ist *s. ipsa proscriptione* Att. 12, 3.

Super. Zu Alc. 8, 1: *nihil erat super* bringt Nipp. gr. A. einige Belegstellen aus Cic.; s. § 10. Die Bedeutung von *de* (bei Caes. nicht, von Cic. an in der Prosa immer häufiger) hat es Paus. 4, 1.: *s. tali causa.*

Syntaxis convenientiae.

§ 57. Subject. Nur Att. 21, 5: *egomet* u. Ag. 5, 4: *nosmet ipsi* bedarf Nep. der Personalpronomia zur Hervorhebung des Subjects eines Verbum finitum und sagt Them. 9, 2. nach der Regel *Themistocles veni ad te.* Es ist aber zu tadeln, wenn er beim Eintritt eines neuen Subjects der dritten Person dieses nicht durch ein Demonstrativpron. dem kurz vorherge-henden gegenüber kennzeichnet, Pel. 4, 3: *sicut Spartam cum oppugnavit, alterum tenuit cornu,* Dion 2, 3. Eum. 5, 5. Phoc. 2, 3. Att. 9, 4. vgl. auch Them. 5, 1. 9, 3. — Im Plur. der 1. Person spricht er von sich selbst, abgesehen von den geläufigen Formeln *sicut supra docuimus* u. ähnl. (Pel. 4, 1. etc.) pr. 3. Them. 10, 3. 4. Ep. 1. etc., einigemale sogar direct neben dem Sing. pr. 8: *festinatio, ut ea explicem, quae exorsus sum. quare ad propositum veniemus et in hoc exponemus libro* etc. Alc. 11, 1. 2. Tim. 4, 5. 6. Att. 13, 6. 7. — Im Sinne des deutschen „man" steht sehr oft die 3. Pers. Sing. Pass., auch von Intransitivis, wie *desperari* Milt. 4, 5. *reditum est* Ep. 8, 1. *cenatum est* Att. 14, 1. u. a., unter denen das doppelte Passiv *auderi ad-versus se tam exiguis copiis dimicari* Milt. 4, 5., obgleich Unicum, doch auf Grund des Sinnes sowohl, wie vereinzelter Analogien nach Fleckeisens (a. a. O. p. 308.) Vorgang jetzt mit Recht allgemein aufgenommen ist. Viel seltener sind die 3. und die 1. Pers. Plur. Act.: jene Alc. 6, 2. 7, 2. Pel. 3, 3., diese Eum. 1, 1. Att. 18, 2. — Die Weglassung des subjectiven Pron. im Acc. c. inf. (s. Madvig, Lat. Sprachl. § 401.) ist nicht selten sowohl bei Identität (Milt. 2, 4. etc.). als auch beim Wechsel (Them. 4, 4. etc.) der Subjecte im regierenden und im Infinitivsatz. Dabei kommen die starken Verkürzungen *salvum (eum esse) studebat* Dion 1, 3. *mortuum (eum esse) scriptum reliquit* Hann. 13, 1. *ex ea (eos se) eiecisse* Alc. 4, 6., aber auch die schon eben erwähnte Nachlässigkeit vor, dass Att. 8, 4. der Subjectwechsel nicht durch *se* bei *collocu-turum neque coiturum* bezeichnet ist.*) Willkürlich ist auch Con. 5, 4: *effugisse scripsit*, nach-dem 2 Zeilen vorher das hier fehlende *eum* ganz unnöthiger Weise 2mal hintereinander gesetzt ist. Ueber das fehlende Subj. im Abl. abs. ist § 51. gesprochen.

§ 58. **Praedicat.** Die Ellipse eines Verbum dicendi oder agendi findet sich nur in *sed satis de hoc (dictum est,* vgl. Cic. nat deor. 2, 1, 2.) Alc. 11, 6. *huic Eumenes 'utinam quidem***) istud evenisset'* Eum. 11, 5. *illud sine dubio (facio): neminem huic praefero* (s. Nipp. gr. A. z. St.) Thras. 1, 1., dagegen häufiger die der Copula *esse.* (s. Madvig Lat. Sprachl. § 479. Draeger a. a. O. p. 14 f.) Diese fehlt jedoch, wie Nipp. gr. A. z. Thras. 3, 2. bemerkt, nie in einfacher Erzählung, sondern in Sentenzen, Them. 5, 3: *haec (est) altera victoria, quae* etc. Thras. 1, 4 *(sunt).* 3, 2 *(est).* Con. 3, 1 (Leid u. **P** haben hier *erat*). Eum. 1, 1 (*fuisset,* welche Auslassung des Conjunctivs bis in die spätesten Zeiten eine Seltenheit bleibt; s. Draeger a. a· O. p. 15.). 11, 5 *(erat:* **P ü**; übrigens ist die ganze Stelle corrupt). Phoc. 1, 1 *(est).* 3, 2 *(erat).* Att. 3, 3 *(erat).* oder in Schilderungen, Ep. 2, 1 *(est).* 3, 2 *(erat).* Att. 13, 5 *(est* u. *erat).* und ist Milt. 6, 2. aus dem vorhergegangenen *fuerunt* in der Form *sunt* zu ergänzen; worüber vgl. Madvig a. a. O. § 478. Anm. 1. Hie und da haben einzelne Codices das Fehlende ergänzt, an mehr Stellen hat die Hand neuerer Gelehrten geholfen, aber fraglich sind mir solche Correcturen doch, zunächst wegen der Uebereinstimmung der Hss. in den meisten Fällen; dann wegen der leichten, nicht einheitlich durchgebildeten Schreibweise unsers Autors, der an sehr vielen Stellen einzelne Satzglieder mehr oder minder hart weglässt, endlich wegen der abgerissenen, copulalosen Notiz, mit welcher fast die Hälfte unserer Vitae beginnt.***) Im Infinitiv ist das Fehlen von *esse* das Gewöhnlichere. Denn immer bleibt es weg bei den zahlreichen Inff. fut. act., meistens beim Inf. perf. pass. und häufig auch beim Gerundivum.

Wenn Milt. 6, 2. *sic* als Praed. bei *esse* fungiert so hat dies nichts Auffälliges (s. Krebs Antib. s. v.), aber *qui circa erant* Eum. 10, 4. wird erst Liv. geläufiger; s. § 54. unter *circa.* Von Praepositionalausdrücken, welche *esse* begleiten, notiere ich hier nur *quarum (viarum) brevior*

---

*) Wenn nicht die oben citirten Stellen dagegen sprächen, läge hier die Einschiebung von se nach sed, hinter dem es leicht ausfallen konnte, nahe genug.

**) Da Nep. sonst inquit bei der Einführung der Rede nicht weglässt, so hätte die Conj. Meisers: inquit, statt quidem, viel Wahrscheinlichkeit für sich, wenn nicht 2 Zeilen vorher schon inquit stünde: vgl. Phoc. 4, 3., wo in ähnlichem Falle dixisset mit inquit abwechselt, und Eberhard in der Zeitschr. für Gymn. Wes. 1871, p. 660 f.

***) Dass der jede Vita eröffnende Name im Nominativ, welcher bei elf derselben nicht einmal einen Satz beginnt, sondern meistens nur mit der Angabe des Vaters und gewöhnlich auch der Heimath, im Dion und Pel. ausserdem mit einer kurzen Participialbemerkung verbunden wird, die Stelle der Ueberschrift vertritt, unterliegt mir gar keinem Zweifel. Zunächst ist nicht einzusehen, aus welchem andern Grund Nep. allen 25 Vitae den Namen des-jenigen, welchem die Vita gewidmet ist, im Nomin. vorangesetzt habe. Steht doch dieser von den 12 Vitae Suetons nur dem Titus und dem Domitian und von den vielen der Scriptt. hist. aug. nur einigen wenigen an der Spitze. Dazu kommt aber noch das Schwanken der Hss., von denen die beste erhaltene, **P**, überhaupt keine Titel hat, in der Utrechter Ausgabe von 1542 die am Anfang von 9 Vitae stehenden Namen nebst Apposition zugleich als Ueber-schrift (welche in den übrigen Vitae durch den besonders übergedruckten Namen im Nomin. gebildet wird) gelten, der nicht mehr vorhandene Danielinus die Sache im Unklaren lässt, während in geringeren Hss. De verwandt wird. Nichts liegt näher als anzunehmen, dass die ausser der Gesammtüberschrift des Buches noch besonderer Spezialüberschriften bedürftigen Abschreiber trotz des jeden Abschnitt eröffnenden Namens denselben noch einmal vorgesetzt haben. Unsrer Ansicht nach müsste deshalb in den Ausgaben der Anfang jeder Vita so gedruckt werden, wie in der Nipperdeys von 1849, dessen Vorgang nicht folgend Halm mit Unrecht, wie mir scheint, wieder besondere Aufschriften vorangehen lässt.

per loca deserta — erat Eum. 8, 5. — Für den Numerus und das Genus des Praedicatverbums bei mehreren Subjecten kommen, wenn ich nichts übersehen habe, 20 Stellen in Betracht. Von diesen haben nur drei, Tim. 4, 2. Reg. 1, 2. Att. 21, 2. das Verbum, ganz dem sonstigen Sprachgebrauch gemäss, im Plur. Im Sing. steht es, indem es entweder zu dem ersten der Subjecte gesetzt, zu den andern ergänzt wird: *Siciliam Dion obtineret, Italiam Dionysius, Syracusas Apollocrates* Dion 5, 6. *Conon plurimum cypri vixit, Iphicrates in Thraecia* etc. Chabr. 3, 4. *haec liberatarum Thebarum propria laus est Pelopidae, ceterae fere communes cum Epaminonda* Pel. 4, 1. *neque vero hoc ille solus fecit, sed ceteri quoque omnes* Eum. 2, 4. *factiones, quarum altera populi causam agebat, altera optimatium* Phoc. 3, 1. *neque vero hic non contemptus est primo a tyrannis atque eius solitudo,* wo auch des Genus sich nach dem ersten Subj. richtet, Thras. 2, 2.; oder hinter das zweite Subj. gestellt sich diesem anschliesst: *non solum Athenae, sed etiam cuncta Graecia liberata est* Con. 4, 4., was Pel. 2, 5: *a quo et tempus et dies erat datus* auch für das Genus und Them. 9, 3: *postquam in tuto ipse et ille in periculo esse coepit* auch für die Person gilt. Aus der Verneinung der Aussage für das eingeschobene zweite Subject erklärt sich Timol. 3, 2: *ut hic conditor urbium earum, non illi, qui initio deduxerant, videretur* der Sing. und Cato 3, 4: *in quibus multa industria et diligentia comparet, nulla doctrina* ist wie in dem Abl. abs. *et fide et industria cognita* Eum. 1, 5. die Zusammenfassung der sachlichen Subjecte Grund desselben. Es bleiben noch 3 einander völlig ähnliche Stellen übrig, in denen das gemeinsame Verbum zwei durch *et* verbundenen persönlichen Subjecten ganz auffallender Weise im Sing. voraufgeht: *aberat enim Crateros et Antipater* Eum. 2, 2. *cadit Crateros dux et Neoptolemus* ib. 4, 1. *in hac erat Phocion et Demetrius Phalereus* Phoc. 3, 1. Von diesen Beispielen, denen sich der, auch in der Wortstellung übereinstimmende, Abl. abs. *duce Pharnabazo et Tithrauste* Dat. 3, 5. zugesellt (vgl. endlich noch *inveterata cum gloria, tum etiam licentia* Eum. 8, 2.), hält eines das andere, eine Variante findet sich nur Eum. 2, 2. und vereinzelt steht Nep. mit dieser Ausdrucksweise nicht; vgl. Cic. Verr. 4, 42, 92. — Ist mit einem persönlichen Subj. im Sing. ein zweiter Personalbegriff durch *cum* verbunden, so steht das Praed. nicht immer nach der formalen Regel im Sing., wie Pel. 5, 1. Hann. 4, 2., sondern zweimal auch im Plur: *Demosthenes cum ceteris, qui* etc., *populiscito in exilium erant expulsi* Phoc. 2, 2. *nisi ille cum suis, qui* etc., *armis relictis Sicilia decederent* Ham. 1, 5., was bei Cic. Phil. 12, 11, 27. und öfters bei Sall., wo aber auch wie bei Nep. das zweite Glied stets ein Plur. ist, bei Liv. und den folgenden Historikern wiederkehrt. — Für die Constructio κατὰ σύνεσιν bietet Nep. nur ein Beispiel in *missi clam vicinitati, in qua tum Alcibiades erat, dant negotium ut eum interficiant* (vgl. das nicht correcte *ea mille misit militum,* trotz dem zunächst vorhergehenden *Plataeenses* auf das entferntere *civitas* bezogen, Milt. 5, 1.). Alc. 10, 4.. also wie bei Cic., nicht in demselben Satze, in welchem zuerst Caes. b. g. 2, 6, 3., dann bei Sall. Liv. etc. in steigender Menge sich Beispiele finden. — Schliesslich sind hier noch Them. 7, 5. u. Ag. 8, 2. zu erwähnen. Dort richtet sich das Praed. nach der Apposition: *illorum urbem ut propugnaculum oppositum esse barbaris,* hier nach dem durch *quam* dem Subj. beigeordneten Subst: *neque huc amplius quam pellis esset iniecta.*

    § 59. Attribut. Bei mehreren Substantiven richtet sich das gemeinsame Attribut nach dem nächsten, Eum. 2, 3. Hann. 2, 3. — Ueber die Ausbreitung der adverbiellen Attribute im Lat. hat Naegelsbach, Stilist. § 75. eine instructive Auseinandersetzung gegeben; vgl. auch Krebs, Antib. p. 46 ff. Süpfle a. a. O. p. 393 f. Kühnast p. 54 ff. Draeger p. 36. Von der bei Nep. vorkommenden, nicht unerheblichen Anzahl adverbieller Attribute, welche meistentheils aus einem Praepositionalausdruck bestehen, vertreten 5 den Gen. obj. (s. § 7.), ausserdem erklären sich nur 2, *reditu in*

Asiam Them. 5, 1. u. *ex Graecia conductorum* Dat. 8, 3. aus der Verbalbedeutung des regierenden Substantivs (vgl. Cic. Phil. 2, 30, 76 etc. Caes. b. c. 3, 80. u. a.) Unter den andern bezeichnen die Oertlichkeit a) einer Schlacht Ar. 2, 1: *pugnae navali apud Salamina*, Paus. 1, 2. Cato 1. 2. vielleicht auch Ag. 6, 1. b) andrer Thaten und Dinge Ar. 2, 2: *ullum huius in re militari illustre factum*, Alc. 9. 3: *Grynium, in Phrygia castrum*, Thras. 2, 1. Chabr. 1, 1. Dat. 1, 1 (*iuxta*). Att. 20, 3: *aedes Jovis Feretrii in Capitolio*, womit *arcem Syracusis* Timol. 3, 3. zu verbinden. Die Herkunft bezeichnen *quidam ex Arcadia hospes* Alc. 10, 5. und *Menecliden quendam, indidem Thebis* (Caes. b. c. 1, 24. 3, 71.) Ep. 5, 2. *Olympiae victoribus* Alc. 6, 3. ist Uebersetzung von Ὀλυμπιονίκης, während pr. 5. *Olympiae* nicht zu *victorem*, sondern zu *citari* gehört. Als sichere Beispiele sind noch hinzuzufügen: *homo et callidus et ad fraudem acutus, sine ulla religione ac fide* Dion 8, 1. *iterum consulem* u. *quinquies consulem* Hann. 5, 3. *in iis (liber) ad Rhodios de Cn. Manlii Volsonis in Asia rebus gestis* ib. 13, 2. In andern Fällen, wie Cim. 2, 2 (*primum-iterum*). Ep. 6, 4 (*ante pugnam Leuctricam*). Ag. 6, 2 (*extra urbem*). ist es fraglich, ob der adverb. Ausdruck zum Subst. oder zum Verbum gehört. Ueber *triumvirum rei publicae constituendae* s. § 18. a. E. — Als substantiv. Attributverbindungen (s. Naegelsbach a. a. O. § 73. Kühnast p. 47 f. Draeger p. 30.) lassen sich ausser *victor exercitus* Ag. 4, 3. noch fassen *ventus aquilo* Milt. 1, 5. *v. boreas* 2, 4. *campus Marathon* 4, 2, *ager Troas* Paus. 3, 3. *Eumolpidae sacerdotes* Alc. 4, 5. 6, 5. *cives Halicarnassia* (Nipp. kl. Ausg. z. St., wo er Madvig Lat. Sprachl. § 191. citiert) Them. 1, 2. *rex Perses* 8, 2. etc. Ueber *Molossum regem* Them. 8, 3. s. § 1. — Aus dem Gebiet der Apposition sind hier nur *Hipponicum, omnium Graeca lingua loquentium ditissimum* (neben Alc. 11, 2. etc., wo *homo* beigefügt ist) Alc. 2, 1. und, wenn wirklich der Gen. unbedingt erforderlich ist (s. Halm z. d. St.), *M. Antonius, triumvirum r. p. c.* Att. 12, 2. zu erwähnen.

§ 60. Was die Congruenz des subj. Pronomen demonstr. oder relat. betrifft, so notieren wir uns (nur eines Wortes der Erwähnung bedarf *haec fuit altera persona Thebis* Pel. 4. 3. etc., sowie der Gebrauch von *id quod* Alc. 4, 5. etc. neben dem blosen *quod* Them. 7, 4. etc. bei der Beziehung auf einen ganzen Satz) als eine Seltsamkeit *Samum cepit: in quo oppugnando superiori bello Athenienses mille et c c talenta consumpserant, id sine ulla publica impensa populo restituit*, woran die Verbindung des Relativsatzes mit *Samum* nebst Verwandlung von *quo opp.* in *qua oppugnanda* (denn Fleckeisens Annahme, dass Nep. *Samum* als Neutrum gebraucht haben könne, ist durch Nipp. Spic. II 3, 5 ff. widerlegt) nur eine halbe Verbesserung zu Wege bringen würde, da immer noch das Neutrum *id* bestehen bliebe. Andere bemerkenswerthe Beispiele der Attraction des Pron. an das folgende Praedicatsubst. (Stellen wie Milt. 6, 3. können natürlich nicht in Betracht kommen) sind: *cursorem eius generis, qui hemerodromoe vocantur* Milt. 4, 3. *Phylen, quod est castellum in Attica munitissimum* Thras. 2, 1. *Alpes ... quo facto is hodie saltus Graius nominatur* Hann. 3, 4., wogegen Paus. 3, 6: *est genus quoddam hominum, quod Hilotae vocatur*, Eum. 3, 3: *castellum Phrygiae, quod Nora appellatur* (s. Madvig Lat. Sprachl. § 316. Gossrau Lat. Sprachl. § 248.) und in den beiden nicht ohne gute Gründe von Fleckeisen und Wölfflein als unecht bezeichneten Stellen *testarum suffragiis, quod illi ὀστρακισμὸν vocant* Cim. 3, 1. u. *venerari te regem, quod προςκύνησιν illi vocant* Con. 3, 3. das Relat. sich nach seinem Beziehungswort richtet.

Dr. B. Lupus.

Verlag der Weidmannschen Buchhandlung (J. Reimer) in Berlin.
Druck von C. Quandt in Waren.